鲜血与荣耀

[美] 克里斯·梅森 /著　　刘媛 /译

新 星 出 版 社　NEW STAR PRESS

感谢

感谢皮特与凯西·梅森多年来给予我的关爱、支持和鼓励。

致我的梦之队——山姆·摩尔、麦克尔·卡里罗、麦克·皮罗兹和丹尼尔·摩尔，感谢你们时常提醒我“史诗级”作品的真正含义。

致沃尔特·西门森，是他对雷神的描述为我提供了艺术和文字的所有创意。

最后，我还要感谢暴雪娱乐所有天赋卓越的兄弟姐妹们，与我一起共同构筑了最为伟大的电脑游戏世界。谨以此书献给你们所有人。

导读

出发点

本次“魔兽经典小说重铸计划”共有21本魔兽系列长篇小说经过重新译制、排版后出版，排在第一位出版的便是您如今读到的《鲜血与荣耀》。

这本身材略显轻薄的小说较之其他官方小说先出版的原因，正是因为《鲜血与荣耀》一书代表着魔兽争霸/魔兽世界系列长篇小说的出发点。《鲜血与荣耀》最初出版于2001年1月，此时距离日后风靡世界的《魔兽争霸3：混乱之治》发售尚有一年半时间，魔兽系列宏大的背景和曲折的故事，大部分仍在主创者们才华横溢的脑海中激荡。

如果说前两部《魔兽争霸》对于兽人的设定中依旧残留着战锤系列兽人的影子的话，由魔兽之父克里斯·梅森写就的《鲜血与荣耀》就赋予了魔兽系列的兽人独特的灵魂。

《鲜血与荣耀》的故事发生在《魔兽争霸2》到《魔兽争霸3》这段时期，通过对老兽人伊崔格的塑造，梅森为兽人种族在艾泽拉斯世界的定位做出了新的诠释，他们不再只是践踏别人国家的侵略者，同样也是为了生存而奋斗的，这个世界的一员。通过讲述弗丁与伊崔格的故事，人类与兽人这个属于《魔兽争霸》的经典主题也得以升华——友谊、忠诚、仇恨、背叛等经典元素融入了这两个种族关系的骨血，并持续影响着直到如今的剧情设计。

可以说，正是得益于《鲜血与荣耀》拓展了魔兽的框架，我们才能再这之后的十余年中看到一本又一本或是感人肺腑，或是字字珠玑，或是令人热血沸腾的魔兽小说。

故事中的两位主角提里奥·弗丁与伊崔格也成了日后魔兽系列的灵魂人物，他们历久弥坚的友谊也成为了玩家津津乐道的话题。在《魔兽世界》早期被玩家传颂为经典的任务线“爱与家庭”，也是这本小说故事的延续。

从《鲜血与荣耀》中铺展开来的，是提里奥·弗丁那充满曲折的后半生，也是魔兽系列浩繁故事体系的枝枝蔓蔓，就让我们从出发点开始，踏上这段充满感动与回忆的旅程。

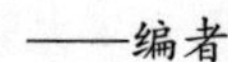

目录

第一章　激战

一阵轻柔的凉风吹过壁炉谷林地，将林中高大的橡树吹得沙沙作响，给静谧的树林罩上一层宁静。提里奥·弗丁独自陷入沉思，骑着灰色良驹米拉多尔，沿着蜿蜒的狩猎小径悠然前行。

尽管在过去几个星期里鲜有机会一试身手，但是只要有空，提里奥都会来此狩猎。与那潮湿窒闷的堡垒大厅相比，他更喜欢这野外的空旷与清新的空气。

从孩提时起，他就在这片林地里捕猎野兽，那一条条曲折绵亘的小径就如同他手背上的纹路一样让他倍感熟悉。每当那些重担和军政压力令他喘不过气时，提里奥都会到这里找寻慰藉。他盼望着将来有一天，能带上他的幼子泰兰跟他一同狩猎，让他亲眼见识一下故乡这险峻绮丽的风光。

大领主提里奥·弗丁是一位强者，无论身心都强不可摧，也是当今最伟大的战士之一。虽然他已年逾五旬，看起来却和年轻时同样的身轻体健。他那标志性的浓密胡须和修剪得利落有致的棕发里泛着灰霜，可他那双绿色的锐目中却闪烁着夺人的光华，雄风丝毫不减当年。

提里奥是繁荣的联盟公国——壁炉谷——的统治者。壁炉谷坐落于巍峨的奥特兰克山脉与雾气弥漫的达隆米尔湖岸之间，是一片广袤的林地。他是一位公正严明的统治者，深受臣民爱戴，威名与功绩在洛丹伦王国各处传扬。他那座高大的堡垒——玛登霍尔德城堡是这片繁华地带的商贸枢纽，即便是在兽人入侵洛丹伦的黑暗时期，敌人也未曾攻破堡垒的高墙坚壁，这让壁炉谷的公民们深感自豪。

然而近来却有一支另类的军队在他的殿堂间步履匆忙地往来穿梭，令他颇感不满。

最近几个星期，堡垒里到处都是来自联盟各属国的旅行政要与使臣，带着秘密的外交使命穿过壁炉谷。他亲自接见了他们当中的不少人，在盛情款待之余尽己所能地提供帮助。虽然政要们都对他的努力表示了赞许，但提里奥还是能够察觉到在他们所有人之间日益紧张的气氛。

他怀疑他们此行的目的是要给联盟最高议会带去可怕的消息。纵使竭力调查，他还是不知这些人为何如此急迫。

然而提里奥 · 弗丁也不是傻瓜。他以圣骑士的身份为联盟效力了三十年，他知道只有一件事能让这些见惯风浪的使者如此心绪不宁——洛丹伦又将重燃战火。

* * *

如今与兽人部落的战争已经结束了近十二年。那场肆虐于北地的可怕战争致使生灵涂炭，尸横遍野，让许多联盟王国化作焦土。无数英勇的战士挺身就义，才终结了部落的骇人恶行。

在那场战争中，提里奥失去了许多挚友与爱将。尽管联盟在最后关头背水一战，转败为胜，却也付出了惨痛的代价。几乎整整一代年轻人无私地献出了生命，以此确保人类再也不会沦为任由凶残的兽人督军宰割的奴隶。

在战争临近结束时，溃不成军的兽人氏族成员大多遭到俘获，被关押在联盟领地的边缘地带。为了确保联盟的安全，还是要出动整团骑士与步兵时刻看守，而那些兽人则显得顺从而消极。

的确，随着时间的推移，兽人似乎彻底褪去了残暴的血性，进入了一种诡异的麻木状态。有些人认为是由于疏于活动，才让这些邪恶的畜生变得死气沉沉，可提里奥却不为这种观点所动。他在战场上曾经亲眼见过兽人的凶残与狂暴。即使是在战争过后，他们那令人发指的暴行也是他梦魇中的常客。

他永远都不会相信兽人已经彻底摆脱了嗜杀的天性。

* * *

提里奥每夜都会祷告，祈祷战火再也不要降临到他的人民头上。他甚至天真地希望他的幼子能永远免于经受战争的严酷与恐怖。作为一名圣骑士，他见过惨烈的战争把太多无辜的孩童变成孤儿，乃至无助地等死。在恐惧与暴力的包围下，又怎会不让孩子变得冷血和孤僻。他绝不允许那样的厄运发生在自己的孩子身上。

可空有美好的愿景，他也无法忽视当下的现实。几个月来，他最亲密的助手和顾问都在不断向他报告各种可怕的传闻——兽人又在蠢蠢欲动。

初听之下难以置信，但如今在堡垒里络绎往来的使者却证明传闻并非空穴来风。

若是兽人果真愚蠢到要重整旗鼓，他定会不惜一切代价阻止他们。

他一生之中总是在履行责任，大多数时间都在以这样或那样的方式守护着洛丹伦。尽管他并非出身显贵，却凭借一腔热血与荣耀在十八岁的年纪就跻身骑士之列。提里奥对国王的耿耿忠心更是让他赢得了上司的一致敬重。

若干年后，当兽人初次进犯洛丹伦，妄图粉碎人类文明时，他成为与乌瑟尔·光明使者并肩作战的首批骑士之一，并被钦点为神圣的圣骑士。

乌瑟尔、提里奥和由大主教阿隆索斯·法奥亲手选出的一众虔诚骑士，变成了圣光的活体容器。他们肩负着双重神圣使命——在圣光的协助下，圣骑士不仅是对抗邪恶黑暗军团的领军者，还要治愈遭受战争创伤的无辜人类民众。

提里奥和同伴们被赋予神圣之力，无论是创伤还是疾病，在他们手中都能‘光’到病除。他们拥有强大的力量与智慧，能够感召同胞，给圣光带来荣耀。

正是在圣骑士的强力领导下，战局才得以扭转，人类最终打赢了那场生死存亡之仗。

这些年来，尽管提里奥的圣光之力有所衰退，他仍然能感觉到在日渐老化的四肢里流淌着战力与光辉。倘若情势所需，他必定能挺身再战。为了他的儿子与人民，他发誓会重振昔日的力量。

* * *

提里奥清空脑海中的疑虑，决定不再烦心自扰。这时他才意识到自己竟已走出那么远。小径一路蜿蜒向前，越过了林木茂密的山峰。据提里奥回想，在如此偏远之处已无岗哨。事实上，他甚至想不起来上一次走到这么远的地方是什么时候的事。

他慢慢地欣赏着四周未经雕琢的自然美景，听着潺潺的溪流声，闻着清新而洁净的空气。天空湛蓝澄澈，两只鹰隼在高处盘旋。他是如此地深爱着这片土地。他告诉自己，只要时机合适，他就会再次回到这里。

提里奥用手梳拢着日渐稀疏而泛灰的短发，责备自己不该出神这么久，毕竟这次是来打猎的。

他在狭窄的小径上熟练地掉转马头，驱策米拉多尔加快步伐向山下跑去。他紧握缰绳，骑着忠诚的战马奔入茂密的丛林。

几分钟后，他放慢速度，走进一片宽阔的林间空地，中央矗立着一座早已废弃的警戒塔。他在破旧的塔底停下，抬头仰望这座孤零零的建筑。

正如零星分布在这片土地上的其他遗迹一样，这也是让人忆起那段黑暗时期的明证。警戒塔的高墙残破不堪，遍布焦痕，一看就是兽人弩炮的杰作。他想起那些毁灭性的战争机器是如何远距离投射出烈焰炮弹，烧得村庄尽毁。真不知经过这么久的风霜侵蚀，这残破的建筑为何还能屹立不倒。

环视塔底，他在地上发现了一些奇怪的足迹，于是下马仔细查看。这一看，全身血液仿佛都凝固住了——那庞大的脚印显然不是人类留下的，而且刚刚形成不久。

提里奥飞快地四下查看一番，又在空地上发现了不少这样的足迹。他猜测兽人至少是在几天前来过这里。

难道那些邪恶的畜生这么快就开始行动了？不会。一定还有别的解释。

壁炉谷的边境戍卫森严，兽人们想神不知鬼不觉地闯入他的土地简直比登天还难。何况隐秘也绝非兽人的天性。但凡有兽人进犯壁炉谷，他的斥候和卫兵即刻就会收到警报。

可这些新鲜的脚印却赫然摆在眼前。

* * *

提里奥牵着米拉多尔朝警戒塔的后方走去，从马鞍边的剑鞘里拔出重剑。此刻，他多么希望带在身边的是那把强力战锤。

虽然剑法过人，可他还是跟所有圣骑士一样，在危险关头更愿意挥锤破敌。

提里奥蹑手蹑脚地靠近警戒塔，走进残破不堪的前门。几根巨大的木梁从摇摇欲坠的天花板上砸落下来，散落在碎砾遍布的地面上。他仔细检查荒废的警戒室，发现里面有个临时点起的小火堆，边上还堆着破烂的铺盖卷。火堆看似是在不久前才刚刚熄灭。显然，有兽人在这座残塔里住了下来。

奇怪的是，他却没有找到兽人们一贯喜欢收集的武器或是徽章等战利品。真不知道这群畜生为什么会如此鲁莽地闯进联盟的地盘。

在做出返回堡垒集结人手的决定之后，提里奥从塔里退出，有些冒失地大步走进空地，没想到立即跟一个体型庞大的兽人不期而遇，对方正好从树后面钻了出来。

那兽人跟提里奥同样吃惊，扔掉抱在手中的木柴，伸手去摸背上的阔刃战斧。提里奥咬牙切齿地对他挥舞手中长剑。兽人也慢慢地站稳双脚，将利斧从背后取下。

* * *

提里奥已经有很多年没跟兽人这样对视过了。他目不转睛地凝视着这个家伙，眼中带着灼灼的怒意与憎恶。

然而即便怒气填膺，提里奥还是注意到眼前的兽人有些异样。

没错，这家伙跟他此前见过的兽人同样庞大壮硕，肌肉紧实，粗糙的绿皮肤和类猿的站姿都跟他的同族别无二致。就连那丑恶的獠牙和尖耳朵都能让提里奥想起他们在战争期间犯下的滔滔恶行。可他的身材和举止却有些不同。他的姿势里透露着年迈，眼角眉间也布满了皱纹，凌乱的胡须和仪式发辫也带着斑斑灰色。

大多数兽人战士都爱身穿突兀的盔甲护板和尖刺手铠，可这兽人身上却只披着缝制的毛皮和鲜红的皮革长裤。镇定自若却隐藏着一股腾腾杀意，还有那临危不惧的从容架势，这些都表明他绝不是狂暴冲动的愣头青，而是久经沙场的精兵悍将。

尽管年老，却比提里奥之前面对过的任何兽人都危险。

这个大块头一动不动地站了很久，仿佛是在等提里奥率先出击。提里奥迅速向树后瞄了一眼，确保没有其他兽人埋伏在侧，再回过头来看向那兽人，发现他依然没有移动分毫。

兽人朝他点了点头，像是在确认只有他一人。他那会意的眼神让提里奥觉得，对方是想等他集中全副精神再与之交战。

不知怎的，兽人的镇定却让提里奥有些慌乱，于是一个箭步猛冲向前。

兽人轻而易举地往侧面一闪，躲过了提里奥的第一击，扬起巨斧划出一道弧线。提里奥凭借本能反应躲了过去，就地一滚，摆出防御的蹲姿，接着抓准时机挥剑朝兽人暴露在外的腹部刺去。兽人娴熟地用斧柄一档，纵身后跃，留出回转应对的余地。提里奥佯装右攻，却借助反推力横向猛扫。兽人被这巧妙的攻势打得措手不及，朝反方向旋身，抡起巨斧劈头挥下，打算把提里奥劈成两半。提里奥赶忙避开，斧刃落地处与他仅有毫厘之隔。

两人摆好架势，准备再战，吃惊地注视着彼此。

提里奥必须承认，这个兽人是个数一数二的强大对手。而对方那张凶残的脸上闪过一抹冷酷的笑意，像是对提里奥的身手同样心怀敬意。

* * *

两人开始绕着对方转起圈来，相互估算着短长优劣。提里奥再次对那兽人的举止与专注感到惊讶。

他从前遇到的兽人总是会不顾一切贸然地冲杀上来，更擅使自身的野性与蛮力，不擅运用策略与战术。但眼前这个兽人却展现出了出众的技巧与自控之力。

有那么一瞬间，提里奥不确定自己能否打败这个敌人。在那一刹那，他担心他那疲倦的四肢与反应力也许会在关键时刻害他丧命。万一他意外身故，他挚爱的妻儿又将怎样安身立命，这些念头纷纷在他脑海中闪过，削减着他的斗志。

但他暗下决心，摒弃疑虑，提剑准备迎敌。

他曾无数次面对死亡，他肩负着责任。想到这里，他稍稍放下心来，提醒自己无须恐惧，他敏锐的战斗直觉一如往常。更何况还有圣光之力在旁守护。无论那兽人的战技有多高超，都终究是个黑暗生物，是人类不共戴天的死敌，等待他的唯有一死。

* * *

怀着必胜的信念，提里奥使出浑身力气朝兽人挥剑砍去。兽人在圣骑士的狂攻猛袭之下节节败退。

提里奥越战越勇，手中的长剑仿佛要燃起烈焰。兽人勉为其难地闪避和格挡了几下，紧跟着被一记蓄力攻击打得踉跄不稳，大腿被提里奥砍出了一道又深又长的伤口，疼得一个踉跄。老迈的兽人大声呻吟着，重重跌倒在地，痛苦地按着血肉模糊的伤腿，挣扎着想要站起来。他料定提里奥一定会乘胜追击，置他于死地。

没想到提里奥却后退两步，慢慢等他起身。兽人惊讶地眨了眨眼。

提里奥是一位圣骑士——白银之手的骑士——而且对他而言，在单打独斗的对决中杀死倒地难起的敌人无疑是耻辱之举。骑士团的神圣法典要求他暂缓对这兽人的处决。

他朝兽人点了点头，再次示意他站起来。

兽人痛苦地咬着他那发黄的锐齿，慢慢地把战斧重新拿在手上，站稳脚跟。

他们死死地注视着对方的眼睛。兽人稍稍挺直脊背，抬起攥紧的拳头，放于胸口。提里奥看出他是在对自己致意，这下换作他难以置信地眨眼了。从来没有哪个野蛮的兽人在战斗中向他致意过。

但无论如何，这都是他的敌人。他朝兽人颔首，再度举起手中长剑。

这一次率先进攻的是兽人。

由于伤腿无力支撑沉重的身躯，兽人只能连蹦带跳地朝圣骑士冲过来。

他单手挥舞巨斧，朝提里奥一通猛砍，狂风暴雨般地重击把圣骑士打得只有勉力招架的份儿，朝警戒塔的入口处步步后退。为躲避一记尤为凶猛的劈斩，提里奥冲进塔门，撞进警戒室。

就在天旋地转的一瞬间，提里奥的左臂被锋利的斧刃砍中，疼得大吼一声。但他忍着剧痛，挥剑刺向兽人外露的手掌。兽人大惊之下怒号着把巨斧丢到地上。提里奥乘势紧逼，希望能尽快结束这场战斗。

说时迟那时快，兽人抓起一根倒塌的梁木，朝袭来的圣骑士挥去。

提里奥向后一退，兽人笨拙地挥了个空。梁木砸在本就脆弱的墙壁上，尘土与碎石雨点似地从天花板上砸落。随着墙壁的倾斜，其余的梁木也发出呻吟。

提里奥继续出击，发了疯似地将兽人临时抄起的这把武器砍成碎片。绝望之下，兽人索性丢下手中剩下的梁木，伸出结实的手臂朝提里奥冲来。

他发出一声怒吼，想要掐住提里奥的喉咙。在他庞大的身躯撞上自己之前，圣骑士再次刺中了兽人。两人扭作一团，撞在早已无力支撑的墙壁上，墙壁连同天花板全都散了架，把他们埋在废墟之下。

* * *

提里奥醒来只听到木料的嘎吱声和石块的哗啦声，漫天尘埃让他睁不开眼。坍塌的警戒室里一片漆黑。他觉得全身麻木，但仍能感到有重物压着胸口。

随着尘埃消散，他终于看清原来自己被压在一根巨大的断梁下面，双腿也被大块的石料压住了。他发狂似地环视左右，寻觅那兽人的踪影。若是那畜生决定在这时结果了他，他可毫无还手之力。

他伸手抓住那根梁木，使出仅剩的力气将它推到旁边的碎石堆上。

疼痛感立即袭遍提里奥的全身。手臂上的伤口正在汩汩流血，他只觉得天旋地转，想要站起身，却感到断裂的肋骨相互摩擦，疼得撕心裂肺。他的右腿也被重石压住，恐怕也已经断了。此时的提里奥四肢百骸剧痛难忍，疲惫无力，好像随时会晕过去。

他听见警戒塔的残垣断壁发出嘎吱的声响，整座建筑眼看就要彻底坍塌。

就在意识快要模糊的刹那间，提里奥察觉到身后有悉索的动静。他竭力保持清醒，转过头去，只见那兽人那双绿色的双手正在凶狠地朝他伸来。

他吓得大声惊呼，紧接着眼前一黑，知觉全无。

第二章　未解之谜

阳光透过教堂穹顶天花板上的天窗洒落下来。尘埃飘浮在空中，像是在懒洋洋地轻旋慢舞，被吹过宏伟殿堂的和风吹散。一排排巨大的白色蜡烛整齐地站立在镶有釉彩玻璃的三联窗户前面。窗户上描绘的是一个骄傲而庄严的战士，宽阔的面容与高贵的衣着由数千块细碎的彩色玻璃拼贴而成。战士周围环绕着金色的光环，一只手里举着一把强力战锤，另一只手里拿着一本厚重的皮面书册。书册封面上的文字清晰可见："Esarus thar no'Darador"——"鲜血与荣耀和我们同在。"

提里奥·弗丁抬眼看着这个彩色人像，感到斗志在体内涌动。他单膝跪在装饰华丽的高台上，谦卑地垂首祷告。在他左侧，一群表情肃穆、身穿白袍的男人站立一旁。他们是来自北郡地区的牧师，也就是战斗祭司。这些虔诚的牧师到此支持提里奥，并在必要时给予他精神指引。在他右侧还站着另一群人，全都身穿打磨得锃亮的重型盔甲，他们是白银之手的骑士——圣骑士。这些全身亮光灿灿的圣骑士是洛丹伦和联盟的勇士，同时也是提里奥的支持者，欢迎这位新成员加入到他们神圣的阵营中来。

在他前方有个宽大的祭坛，位于巨大的釉彩玻璃窗下。流淌的阳光汇聚在祭坛中央，另一位身穿长袍的男人正在静坐冥想，膝盖上放着一本巨大的书。提里奥只依稀感觉到其他人也聚集在他身后，一边交头接耳，一边紧张地等待着仪式开始。

祭坛上身穿长袍的男人抬起手，示意在场的众人保持安静。提里奥屏气敛息。这是他等待已久的时刻。只见那人站起身，慢慢朝单膝跪地的提里奥走来。大主教走到华丽的高台前停下，打开手中的那本巨大的书，用雷霆般的嗓音朗声念道：

“在圣光的沐浴下，我们齐聚于此，为我们的兄弟赋予力量。圣光之辉将使他获得新生，圣光之能将令他启迪万众，圣光之力将助他战胜黑暗。同时，圣光之智将会让他引领同胞，永沐天堂。”念毕，大主教合上书，转身面朝左侧的那群人。提里奥感到难抑的兴奋。他深吸一口气，努力让自己在这个庄严的时刻保持专注。

“北郡的牧师们，如果你们认为这个人堪当重任，就请赐福于他吧。”大主教庄严地说道。其中一位身穿白袍的男人走上前，双手捧着一件绣有花纹的深蓝色圣巾。牧师走到高台前，虔诚地将受过赐福的圣巾绕在提里奥的颈间。接着把大拇指伸进装有圣油的小瓶子里蘸了一下，抹在提里奥汗涔涔的前额上。

“圣光之辉在上，愿你的同胞都能得到治愈。”牧师低声说道，接着轻鞠一躬，退回到原先的位置。

大主教转身面朝右侧的那群人说道：“白银之手的骑士们，如果你们认为这个人堪当重任，也请赐福于他吧。”

两个盔甲加身、满脸傲色的男人走上前，庄严地站在高台前。其中一人手中握着一把巨大的双手战锤，银色锤头上刻着神圣符文，握柄处精心包裹着蓝色的皮革。那高超的锻铸技巧与美轮美奂的外观让提里奥暗暗赞叹。第一位骑士把战锤放在提里奥的脚下，然后低头向后退去。第二位骑士手捧一副仪式肩铠走上前来，注视着提里奥的双眼。他是赛丹·达索汉，提里奥的挚友之一，此时脸上洋溢着骄傲与兴奋。提里奥朝他会心一笑。赛丹稳了稳心神，将银色肩铠穿在提里奥的双肩上，坚定地说：“圣光之力在上，愿你的敌人迎刃而亡。”

说完之后，赛丹又帮他调了调肩铠的位置，把蓝色圣巾从底下拽了出来、然后退回那群肃立的骑士中间。提里奥感到心脏跳动得无比剧烈。狂喜几乎要将他淹没，甚至让他有些眩晕。大主教再次走上前来，将手放在提里奥的头上。

“礼毕，请起身。”大主教说道。于是提里奥依言站起，心中还在惊叹这份莫大的殊荣。大主教看了提里奥一眼，继续朗声诵念。

“提里奥·弗丁，你是否愿意立下誓言，捍卫荣耀与白银之手骑士团的法典？”

“我愿意。”提里奥诚挚地回答。

“你是否愿意立下誓言，行走于圣光的光辉之下，并向他人传扬圣光的智慧？”

“我愿意。”

“你是否愿意立下誓言，斩杀一切邪恶，不惜牺牲自己来保全弱者与无辜之人？”

提里奥使劲咽了口唾沫，点着头回答道：“以鲜血和荣耀起誓，我愿意。”说完他轻轻舒了口气，只感到心潮澎湃。

大主教合上书，走回祭坛中央。

他面朝在场的所有人说道：“兄弟们——你们齐聚于此，共同见证——现在，请举起你们的手来，让圣光照亮这个人。”每一位牧师和骑士都举起右手，指向提里奥。提里奥惊讶地看见他们的手掌开始微微发光，散放着金色的光辉。他想那一定是因为太过兴奋，连眼睛都在戏弄他。可就在这时，从上方洒下的阳光开始在地上缓缓移动，仿佛是在对众人的命令做出回应。光芒最后停在了提里奥身上。耀眼的光亮闪得他睁不开眼，提里奥只感到神圣之力随着一阵暖意流遍及全身各处，犹如每一寸体肤都被神赐之火点燃。他能感觉到赋予生命的能量流遍四肢，那能量强大到足以复原任何伤口，治愈一切病痛。他暗自默想，就连暗影里那些被诅咒者的灵魂都能被这能量焚烧殆尽吧！想到这里，他不由自主地一阵战栗。

沐浴在希望与喜悦之下，提里奥单膝跪下，拿起那把强力战锤——那是他神圣使命与身份的象征。他任由脸颊淌下欣喜的热泪，抬头看向大主教，对方也在对他亲切地微笑。

“站起来吧，提里奥·弗丁——洛丹伦的圣骑士守护者。欢迎加入白银之手骑士团。”

教堂内欢声雷动。高处的阳台上号角齐鸣，宽敞的圣光大教堂各处回响起一片沸腾之声。

* * *

提里奥猛然惊醒。

从身旁的窗户里传来孩子们嬉戏的笑声。玛登霍尔德城堡里熟悉的往来贸易之声不绝于耳。这里是他的家，他正睡在自己的床上。

他摇摇头，清空混乱的思绪，纳闷自己究竟睡了多久。床单早已被汗浸湿，身上的气味闻起来像是足有一星期没洗过澡，他感到头痛欲裂，重重地叹了口气，这才记起做了好长的一个梦。他试图回忆梦境的细节，可一阵阵头痛让他仅能捕捉到些微闪回的画面——身穿长袍的男人，闪亮的战锤，还有个邪恶的兽人。

邪恶的兽人？

他猜想自己肯定是梦到受封圣骑士时的场景了。但在那喜庆欢腾的仪式上绝对没有兽人到场。

渐渐地，更多画面在脑海中一一浮现——他跟那兽人打了一架，而且他还打输了。真是荒诞无稽，他漫不经心地想。

年纪越大，做的梦也越来越天马行空。

他把头从那沾满汗水的枕头上抬起，想要起身下床。一阵剧痛不期而至，疼得他又赶忙躺了下去，大口地喘着气。他将毛毯掀起，发现整个腹部都被包扎得严严实实。此外，全身上下到处都是瘀青和伤口，难怪会那么疼。

他惊讶地发现就连胳膊上也缠着绷带，发狂地想要记起到底发生了什么事。难道和兽人的那场战斗是真的？出于某种诡异的原因，那段记忆有些模糊。

他满脸痛苦地挣扎着站了起来，穿上长袍，朝私人房间的起居室走去。

在那里，他看见年轻的妻子卡兰德拉正安静地坐在窗边那张宽大的长毛绒座椅上绣着什么。一见他走进门，卡兰德拉立即把针线丢开，跑来温暖地抱住他，小心翼翼地生怕把他弄疼。

“感谢圣光，你终于醒了。”她说。

她那娇俏而灵动的面容上既有宽心，又有关切。一双蓝眼睛和往常一样，像是要看穿他的身体似的。他对她报以微笑，轻吻她的额头。这恐怕是他第一万次惊叹于她的美貌了。

“我正在担心，你会不会就这样昏睡一整年。”她说。他听闻此话不解地挑了挑眉毛，抚摸着她柔软的金色长发。

“此话怎讲？我睡了多久？”

“差不多四天了。”她脱口答道。

提里奥难以置信地眨巴着眼睛。

“四天。”他喃喃自语道。难怪记忆会那么模糊。

“卡兰德拉，我到底出了什么事？怎么会睡了那么久？”

她耸耸肩，轻轻摇了摇头。

“我们也不确定你到底遭遇了什么。”她回答，“你那天早上外出狩猎，好几个小时都没回来。你平时从不会晚归，所以我担心你受了伤，就派雅顿出去找你。”

提里奥听到这里微笑了。雅顿是堡垒的卫兵队长，称得上是他最忠诚的伙伴。他应该想到雅顿会去找他的。

卡兰德拉继续说道：“他刚离开堡垒，就看见米拉多尔驮着你回来了。他说你当时昏迷不醒，还被人用缰绳绑在了马鞍上。”

提里奥用双手抱住疼痛的头。“绑在马鞍上？这怎么可能。”他疲倦地说。

她用手轻抚他的额头，掌心冰凉。“你的肋骨断了，手臂也受了伤，恐怕是遭到了野熊的攻击。雅顿一把你送回来，巴瑟拉斯就立即对你进行了治疗。”

提里奥重重地在她的椅子上坐下。巴瑟拉斯？是巴瑟拉斯治疗了他？这位年轻人不久前才刚刚荣升圣骑士，真没想到他竟然进步得如此神速。有些自负却很虔诚的巴瑟拉斯被指定为提里奥的副手——也就是接替他壁炉谷圣骑士领主之位的继任者。

他一直在对这位年轻的圣骑士传授神圣的骑士团之道，并教他政治竞技场上的诸多规则礼数。虽然听闻是他治疗了自己，提里奥颇感欣慰，但眼下还有别的事要想。

跟兽人的那场决斗莫非是真有其事？

卡兰德拉跪在他身边。“巴瑟拉斯的治疗术让你的身体承受了很大负荷，也把他累得筋疲力尽。你在昏睡时喊了好几次梦话。”

他问询地看着她。“还有呢？”他问。

“这……”忧虑的神情从她脸上掠过，“你一直在念叨兽人的事，提里奥。你说壁炉谷里有兽人。”

他无力地靠在椅背上。关于那场激烈搏杀的记忆如潮水般涌来。

果然是真的。

他望着她那双如湛蓝水晶似的眼眸，认真地点了点头。

“确实是兽人。”他对她说。

卡兰德拉跌坐在地，吓得张口结舌。“圣光啊，救救我们吧。”她喃喃道。

这时门被撞开了，五岁大的泰兰从外面闯了进来。

“爸爸，爸爸！”男孩大喊着冲到父母面前。卡兰德拉站起身来，看着泰兰跃到提里奥的腿上。提里奥的胸口被撞得一阵剧痛，不禁发出一声闷哼。

“泰兰，我的孩子，你好吗？”他紧紧地把爱子搂在怀里。

泰兰朝父亲扭捏一笑，环抱住他的双肩。

“有没有听妈妈的话？”

泰兰兴奋地点着头。

“他很懂事。”雅顿洪亮的嗓音在门口响起，“就是跟他父亲一样难以控制。”说罢走进房门，卡兰德拉朝这位忠心的卫兵微微一笑。

“希望我没有打扰到你们。我看见泰兰像个狂暴的食人魔似地往这边跑，就想抓住他，免得让他吵醒你。看来我的担心是多余的。”

提里奥抱着泰兰，忍着疼站起身，走过去跟他的老朋友打招呼。两人真挚地把手握在了一起。

“卡兰德拉跟我说，多亏是你把我运回了堡垒。坦白说，雅顿，要是我每次被你搭救都给你发个金奖章的话……”

“别说废话了。我只不过是把你的马牵了回来。如果你想表达谢意，也应该谢谢巴瑟拉斯。是他耗尽力气来治疗你。你可真是被打得够重啊，老朋友。不管怎样，看到你从鬼门关逃了回来，我真为你感到高兴。你可让我们担心坏了。”

“我知道。”提里奥说，“有些要紧事，我们必须马上商量一下。”雅顿点点头，朝泰兰和卡兰德拉投去一个眼神。

卡兰德拉心领神会地把泰兰从提里奥的怀里抱开。“那就不打扰你们了。你们部署计划，我得抱小家伙下楼睡一会儿。”说着轻吻儿子的脸颊。泰兰则是一脸不愿意地想要挣脱母亲的怀抱。卡兰德拉宠溺地笑着。

“真像他父亲。”她咯咯笑道。

提里奥和雅顿微笑着看她离开。

“我们待会儿见，儿子。”提里奥在身后说。等他们走远之后，这才转过身来，满脸愁云地看着雅顿。

“是兽人，雅顿。而且他很可能还活着。据我看来，就只有他一个。就目前的情况来看，这件事情我希望除了你跟我，还有看见我进门的人之外，不要再让其他人知道。万一这只是一场个案，我不希望把整个地区都扰得鸡犬不宁。”

雅顿结实的下颌明显收紧。“这恐怕很难做到，大人。在你昏迷时，我跟巴瑟拉斯都在场，我们都听见你满口呓语地念叨兽人的事。”他说。

提里奥苦着脸听雅顿继续往下说。“你也知道巴瑟拉斯这个人，只要一听见‘兽人’这两个字就会暴跳如雷，马上召集了一整团兵力到野外搜寻有关那些畜生的任何线索。我几乎要把他压在屁股底下才能让他平静下来。”

“那小子真是热血，可是他这份狂热会惹来麻烦。”提里奥冷冷地说。

“岂止是麻烦那么简单。”雅顿微笑道。他们两人早就见识过巴瑟拉斯对跟兽人交战有着狂热的偏执。

巴瑟拉斯的父母在战争中死于兽人之手，从此他便成了精神受到严重创伤的孤儿，一心想把毕生力量都用在消灭邪恶兽人的战斗中，长年累月都在勤学苦练。然而不幸的是，这位满腔热血的年轻人直到战争结束才加入到圣骑士的阵营中来。

尽管经过漫长的训练与准备，迎接他的却只有磨人的现实——他不再有机会为父母报仇雪恨。同时他也感觉到，要想让上司对自己青眼有加，唯有在战斗中让双手光荣地染上鲜血。

他梦想着有朝一日能成为强大的英雄，让那些害得他家破人亡的畜生血债血偿。虽然同情这位年轻圣骑士的遭遇，但提里奥却深知他的这种想法会导致灾难。

“我怀疑他未必会对我这件事守口如瓶，尤其是在治疗过我之后。雅顿，现在已经有多少人知道了？”提里奥紧张地问。

“这几天堡垒里真是传闻满天飞。我本人就听说过好几个版本，从小规模的兽人突袭队到大举来犯的兽人军团。你可以想象得到，人们都害怕部落会再杀回来，而巴瑟拉斯最怕的是不能单枪匹马地杀死他们。”雅顿回答。

提里奥轻轻拍了拍他的肩膀。

“但愿局面不会变成那样。”提里奥诚恳地说，“替我召集顾问。在议会里继续商讨。”雅顿干脆地敬了一礼，转身离开。

提里奥清了清嗓子。“雅顿，”他轻声说，“还有一件

事……”雅顿愣住了，“你看到我当时的模样了是吧？”

“是。”

“我在那种情况下，不可能把自己绑到米拉多尔背上，再把它骑回家。”

“是的，大人。绝不可能。”

“那么你看见别人了吗？有没有人出手帮我，再把马牵回来？”

“没有，大人。就你一个。我甚至还跑回去搜查，结果还是一无所获。肯定是有人把你绑到了马背上，但我怎么都查不出来。”提里奥点点头，示意他可以离开了，然后一个人静静地琢磨那个不留名的救星到底是谁。

据他回忆，当天早上林地里就只有他和那个年迈的神秘兽人。

一个念头从他脑中闪过，他想会不会是那兽人救了他。但过往的经历却让他对这种猜测嗤之以鼻。那些残忍的畜生全然不知何为荣耀，从不会对别的生物手下留情，更何况还是对待敌人。

可即便对这一点笃信不疑，提里奥的直觉还是告诉他，救他的正是那个兽人。

* * *

烛火在中等大小的议会厅里闪烁摇曳。正中央摆着一张宽大的橡木桌，上面铺着巨幅地图，赫然呈现着壁炉谷的每一处地形细节。六个男人围坐在桌边彼此交谈。提里奥坐在首座，看着地图上画出警戒塔附近林地的那片区域陷入沉思，对顾问们的你一言我一语毫无兴趣。

有个问题始终让他百思不得其解——到底是谁救了他，还把他的马给引了回来？他清晰地记得，当他并未乘胜追击，对那兽人痛下杀手时，对方朝他敬了一礼。

也许那畜生心中对荣耀多少有些概念吧。

不，一定是搞错了。他暗自提醒自己，兽人个个邪恶野蛮，根本不懂何为礼数，何为怜悯。可他的心却在对他说，是那个兽人救了他。

这时门开了，走进来一位颀长瘦削的年轻男子，身上的银色盔甲光辉耀目，深绿色的披风在身后轻摆。

巴瑟拉斯真是像极了远征的圣骑士。虽然比提里奥年轻近三十岁，但巴瑟拉斯在立誓加入白银之手骑士团时，却像这位年长的圣骑士一样虔诚。

巴瑟拉斯的步履一如既往地轻盈优雅，对厅内的其他人视若无睹。带着傲慢，乃至些许浮夸，任何未被赐予圣光之力的人都不被他放在眼里。

在这位年轻人进门时，提里奥站起身来，朝他敬了一礼。

“你好，巴瑟拉斯，感谢你为我疗伤，否则我此时已经投入圣光的怀抱了。”提里奥说着，摸了摸依然刺痛的肋骨。虽然他的伤口已经愈合，体力却仍未恢复。

巴瑟拉斯不置可否地摇了摇头，朝提里奥还了个礼。

“这没什么大不了的，大人。倘若易地而处，你也会这么做。”巴瑟拉斯自信地回答。“我多么希望跟那兽人战斗的人是我。那样的话，他的脑袋现在肯定已经挂在堡垒的城墙上了。”

提里奥注意到几位顾问惊讶地交换着眼神，这位年轻圣骑士总是热血到近乎无礼的程度。提里奥耐心地对他们微笑。

“当然，”巴瑟拉斯继续说道，“这并不是说您没能耐亲自打败那个畜生，大人。”

“这个嘛，我相信你肯定能让他尝到联盟的厉害，巴瑟拉斯。听我说，眼下我不希望你跟任何人谈论这件事。在我们弄清楚事态之前，别在民众中间引起恐慌。”

巴瑟拉斯差点呛住。“大人，我无意冒犯，但您的意思是让我们不要声张，任由敌人畅通无阻地在我们的土地上横行肆虐？我们必须立刻搜查整片林地！每在这里浪费一秒，就等于是给兽人更多的——”

话还没说完，就被提里奥打断了。“你认为外面有很多兽人，巴瑟拉斯。可我当时却只看见他一个。在尚未得到证实之前，我不会贸然发出战斗的号令。在这个时候，切忌捕风捉影。我们必须要保持冷静，时刻戒备。”

“捕风捉影？一群兽人神不知鬼不觉地闯进了我们的领地，

其中一个成员还差点把你打成肉酱，这时候还谈什么冷静？简直疯了！”几位顾问被这年轻人的口不择言惊得目瞪口呆，可巴瑟拉斯还在不管不顾地继续往下说：“我们应该立即派出搜索队才是！”

提里奥攥紧拳头，竭力保持着平稳的语调。在他们白热化的争辩中始终保持沉默的顾问们这时似乎也被巴瑟拉斯的无礼激怒了。

“注意你的语气，小子。这里仍然是我说了算，你作为圣骑士也要听命于我。只要我还没下台，就必须按我说的做。现在请你退下，没有我的命令，不得离开堡垒半步。听明白了吗？”提里奥大声咆哮。

巴瑟拉斯愤怒得几欲发狂。“圣光在上，但愿我们的领主大人没被兽人打得吓破了胆，连职责都忘了！”

“够了，巴瑟拉斯！你太过分了！”一位顾问大喊道。

提里奥气得头发竖立，大步走到年轻的圣骑士面前，死死地注视着他的眼睛。

“现在请你离开我的议会厅。”他对巴瑟拉斯说。

年轻的圣骑士强忍怒意，稳住心神。“当然，大人。”他的嗓音绷得紧紧的，“我会热切地等待您下达命令。”说完他利落地敬了个礼，转身离去。

“你当然会。”提里奥冷冷地说。随着紧张气氛的消散，议会厅里的所有人仿佛都松了口气。提里奥疲惫地揉了揉眼角，坐回原处。

一位顾问开口说道："大人，他太傲慢了，但心地不坏。我相信他并不是要——"

"我知道他是什么样的人，我也清楚他的意思。巴瑟拉斯总是会热血上脑，这也正是他成为杰出圣骑士的原因所在。可这热血在微妙的情势之下也会导致他破坏大局。"提里奥直言。他觉得累了，像个耄耋老者。"等他冷静后会回来的。他总是这样。"

"可是大人，万一真像他说的那样怎么办？万一真有兽人大军正在伺机进犯，难道我们就坐以待毙吗？"那位顾问质疑道。

提里奥指着地图上破碎塔楼的位置。"我无论如何都不会坐以待毙的，老朋友。我会亲自调查这件事。"还没等他们再说什么，他便站起身来朝门外走去，留下顾问们面面相觑。"可万一被他言中……愿圣光帮助我们所有人。"

当天晚上，提里奥孤身一人坐在堡垒宽敞的餐厅里，用刀叉心不在焉地拨弄着面前早已变冷的食物。他又在想关于那个老兽人的事了。

难道真是他救了自己？

他很快就能找出答案。如果事实真如巴瑟拉斯所说，那么他苦心经营的一切随时都会化为乌有。

身后传来小脚轻轻摩挲地面的声响。他转过身去，看见睡眼惺忪的泰兰从隔壁的起居室里走了出来。

“你这个时间不是应该睡得正香吗，小家伙？”提里奥问道。男孩爬上他的膝盖，怯怯地抬头看着他。提里奥对儿子微笑，感慨这男孩长得真像他母亲。同样有着满头金发，大大的蓝眼睛，一看就是个天真而听话的孩子。

“那些绿皮怪物又回来了吗，爸爸？”泰兰问。

提里奥点点头，抚摸着男孩的头发。

“是的。但你无须担心，孩子。你待在堡垒里就会没事。”

“你要去打败那些绿怪物吗，爸爸？”男孩又问。

提里奥愁眉紧锁。

“还不知道，孩子。一切都还是未知数。”

第三章　一位战士的传说

提里奥次日清晨醒得很早。他轻手轻脚地下床，以免吵醒卡兰德拉，穿好衣服，朝私人更衣间走去。在漆黑的屋子中央有个装饰华美的架子，他的盔甲就撑在上面。尽管坑坑洼洼的凹痕遍布，这身重型银色盔甲在晨曦的微光中还是闪闪发亮。

这些都是战斗的伤痕啊，他警惕地想。

这些年来，若不是他小心谨慎，这里每一道深深的痕迹都可能会要了他的命。他默默地希望自己的好运气能继续助他战胜未知的危难。

他尽量悄无声息地把盔甲一件件穿在身上，系好搭扣。穿戴完毕后，他站在一面全身镜前，打量着自己。

镜中人的英姿飒爽不输往昔，只是疲惫的面容两旁多了几抹灰色的鬓发。真没想到这身沉重的戎装多年后还是这么合身。每当他穿上盔甲，都会感到一股战无不胜的力量。但那是年轻人才有的妄念。

没有人是不可战胜的。没有人能够永生不死，他心情沉重地想。

提里奥走向另一面墙边的壁炉，从上方的橡木壁炉架上取下那柄随他征战杀伐的战锤，拿在手中掂量着它那恰到好处的分量。锤头上的神圣符文依然闪烁着明亮的光芒。

“若不是时运所迫，我今天就不用劳你出马了，老友。”他轻声说道，然后把战锤夹在胳膊底下，朝堡垒的马厩走去。

* * *

当提里奥给米拉多尔装好马鞍时，朝阳才刚刚爬上远处的奥特兰克山峰。他把战锤挂在马鞍边，准备骑上这匹经验丰富的战马。

他踩上马镫，这个动作痛得他哼了一声。肋骨还是很疼，这身沉重的盔甲更是让他难以支撑。

“你这是要做什么？”一个怀疑的声音从马厩漆黑的门口响起。提里奥把脚抽了回来，转身面朝雅顿。卫兵队长表情严肃，一脸忧心。

“我要去调查那座废弃的警戒塔。如果兽人当真打算进犯我的土地，我要亲自找出证据。”提里奥回答得直截了当。

雅顿点点头。“很好。那等我备马，跟你一块去。”

“我不需要人陪。这件事情我必须自己去做，雅顿。”提里奥的话掷地有声，卫兵队长脸上的忧虑愈发明显。

“我不喜欢你这么干，提里奥。你到底想证明什么？不带护卫，单人匹马地到那里去，你不久前才刚刚——”

提里奥打断了他的话。“刚刚什么，雅顿？刚刚惨败而回？”提里奥厉声问道。

雅顿垂下眼，尴尬地挪着脚。

提里奥翻身上马，深深吐出一口气，匆匆说道：“我过不了几小时就会回来。这段时间多留意巴瑟拉斯，我预感他要惹麻烦。”说完策马奔向远处的树林。

越发不安的雅顿只得眼睁睁地看着他的领主渐行渐远。不知怎么，他觉得提里奥对他有所隐瞒。

* * *

找到那座废弃的高塔并不像提里奥想得那么容易。他花了好几个小时才终于沿着原先那条山路走了上去。未散的晨雾笼罩着蜿蜒的小径，但他还是能透过林木分辨出高塔残破的轮廓。

随着渐行渐近，他让马匹行进的速度也慢了下来，警惕一切危险的声响。连个随从都没带在身边，只身一人靠近敌人的营地，这可真不是明智之举。米拉多尔沉重的战铠和他这身闪亮的盔甲，足能让敌人在几英里之外就看得一清二楚。毕竟他也说不清那兽人到底有没有同党。可内心的声音却告诉他，事实并非如此。

他在心底里感觉到没什么可怕的，于是任由谨慎随风飘散，快步骑到塔下，纵身下马。他抬起头，看见从前高耸的围墙早已向内塌陷，警戒塔的结构散落得面目全非，天知道自己当时是怎么从那场灾难中活下来的。

他环顾四周，寻找兽人的蛛丝马迹，但却并无发现。这座塔看来是彻底荒弃了。

一声低沉的闷哼声引得他转过身来。他看见那兽人坐在树旁一块巨大的岩石上，显得泰然自若，但那把巨大的战斧却倚在身侧。

看来这家伙也很谨慎，提里奥默想。

骄傲的圣骑士摘掉头盔，放在米拉多尔的马鞍上。这匹高头大马喷着响鼻，分明是察觉到了主人的紧张。提里奥用余光瞥向挂在马鞍边的战锤，朝锤柄伸过手去。兽人见状立即抄起战斧，提里奥则飞快地缩回手，往后退了一步。兽人轻轻一哼，放松下来，对他会心一笑。提里奥深吸一口气，慢慢走向那兽人。

就在他往前走时，他才意识到自己可能是把这个老兽人想得太好了。也许这畜生的确是想杀死他。也许把他从塔楼的废墟中救出来的另有其人。

也许吧。

但无论如何，他都想找出答案。他在距离兽人几步远的地方停下，将拳头置于胸口表示敬意。这兽人之前就是这样朝他敬礼的，对吧？作为回应，兽人抬起僵硬的手，搭在泛着灰色的眉毛旁边。

“你们人类习惯这么打招呼，对吧？”兽人言辞流利地问道。他的声音深沉而沙哑，发音却很是清晰。

提里奥愣住了，脸上的讶异难以遮掩。只见兽人那丑恶的五官扭成一团，像是在对提里奥微笑。

“你……会说我们的语言？”提里奥颤抖着问。

兽人用凌厉的目光打量着他。“你认为我的族人只凭蛮力就能在你们的世界上存活这么久？”他问，“你们总是小瞧我们，所以才输掉了第一场战争。”

这真是让提里奥震惊得说不出话来。眼前坐着的明明是个黑暗生物，邪恶而嗜杀，却能说会道，富有智慧。

那兽人并没像他想的那样，急不可耐地把他的心从胸腔里挖出来，而是静静地坐在那儿，用心照不宣的狡黠目光望着他。提里奥对此感到既着迷又憎恶，不禁一阵颤抖。

他不假思索地把那自问过无数遍的问题宣之于口：“我必须要知道，把我从塔里救出来，还把我的马引回大路上的人，究竟是不是你？”

老兽人默默地凝视了他很久，然后才点了点头。“是我。”

提里奥长出一口气。“你为什么要那么做？”他问，“我们是不共戴天的死敌。”

兽人似乎思忖了片刻。“作为人类，你有极强的荣誉感，从我们的交手中可见一斑。光荣的战士不该死得像一只落入陷阱的野兽。任你在那里自生自灭，绝不是正义之举。”兽人说完了。

虽说提里奥并不确定自己想要听到什么样的回答，但这个答案显然不在他的预料之中。“再说，”兽人继续说道，“我已经见识了足够的死亡。”

提里奥低下头，努力消化着那个兽人说的话。这不对劲啊，他想。这家伙应该是个冷酷无情的畜生才对。他怎么会这么说呢？

但提里奥知道兽人说的都是实话。他能感受到对方的真诚——以及深深掩藏在真诚之下的痛苦与悲伤。作为圣骑士，他早已练就了某种同理心，能感应到他人内心深处的真情实感。这种奇妙的能力从未像此刻这么有用。他努力回过神来，集中精力应对当下的局面。

“那我应该要谢谢你了。”提里奥开口说道，不知该怎样跟他对话才好。

那兽人像是察觉到了提里奥的困惑。“我叫伊崔格，人类。你叫我伊崔格就好。”提里奥也放松下来：“谢谢你，伊崔格。

多谢你救了我一命。”

兽人再次点了点头，站起身来。提里奥注意到那兽人走起路来一跛一拐的，看来他在那场战斗中给他留下的伤口恐怕是感染了。兽人却都没再回头看他一眼，就那么跛着脚朝塔楼废墟走去。

“我是提里奥·弗丁。”圣骑士说，“我应该告诉你，我是这片土地的领主，伊崔格。因为你在这里出现，让许多致力于保护这里的人深感不安。”

兽人轻声笑了起来。“我敢打赌，在你发现我之前，他们睡得可香着呢。”兽人说。“我在这片林地里住了好多年了，人类。我避人耳目，四处为家，为了避开你的斥候和游侠，可没少费功夫。”

他在说出‘游侠’这两个字时，语气里带着明显的轻蔑。兽人向来对精灵游侠没什么好感。在魔法家园奎尔萨拉斯遭到兽人的毁灭后，狡猾且长于在林中奔走的精灵一族便发誓要找部落报仇。提里奥不知伊崔格说的到底是不是实情。这兽人果真已经在这里秘密生活了这么久?

伊崔格哼了一声，继续说:“是厄运把你带到了我面前。”

“也许吧，”提里奥回答，“可你在这里生活，给我带来了大麻烦。我的人民憎恨你的族人，伊崔格。你们给这片土地带来的只有苦难和混乱。若有机会，他们会不容分说地杀死你。那我又怎么能对你手软呢？明知你族人犯下的恶行，我怎么能对你放任不理？”

“我已经脱离他们了，人类！我在这里独居，或者说是遭到了放逐。”伊崔格警惕地说，“我不愿意再为他们偿还罪孽。”

“我不明白。”圣骑士说道，“你是说，你背叛了你的族人？”

“我的族人都迷失了！”兽人啐了一口，“说实话，早在他们还没来到这个诡异的世界之前，就已经迷失了。当部落最终倒在你们的战旗之下时，我就决定要彻底跟他们分道扬镳。”

伊崔格俯下身，将一块巨石滚到身旁。这兽人的力量让提里奥很是震惊。要想移动那样一块石头，至少需要两个膀大腰圆的男性人类才能做到。兽人示意提里奥坐下，接着自己在他对面的地上盘腿坐好。于是提里奥在那块平滑的巨石上坐了下来。

“关于我的族人，你还有很多事情不了解。他们在很久之前就抛弃了荣耀与骄傲。当我的儿子们惨死之后，我便与他们再无瓜葛。”伊崔格的语气透着冰冷。

“你的儿子是战士吗？”提里奥问，引得伊崔格大声嗤笑。

“所有兽人都是战士，人类。”他说，仿佛提里奥是个无知的孩童，“除了战斗，我们几乎一无所知。尽管我的儿子战力过人，却还是遭到了首领的背叛。在最后一战中，我们氏族的几位酋长为琐事起了内讧。在一场极为血腥的战斗结束之时，我的儿子奉命从前线赶回。我们酋长的一位竞争对手为了在部落中赢得更高的地位，竟撤销了那道命令，把我的儿子们连同其他同胞遣回去送死。那是我们氏族的黑暗之日……”伊崔格沉浸在回忆里，“也是我的黑暗之日。”

这番话听得提里奥心潮翻涌。他知道兽人经常会自相内斗，可伊崔格的悲伤还是令他动容。他从没想过这样的背叛竟能对一位兽人产生如此影响。

“我当时意识到没希望了。腐化与仇恨彻底蒙蔽了我族人的灵魂。我感到部落的自我吞噬只是时间问题。”伊崔格说。

“腐化是从哪来的呢，伊崔格？是什么把你的族人变得这么堕落？”提里奥问。

伊崔格挑动眉毛，似乎陷入了沉思。“在我祖父的时代，我的族人既单纯又骄傲。那时有几十个氏族，在我们世界的野外靠捕猎为生。他们当时全都是猎手——谨守荣耀的准则信条、崇拜元素之魂的强力战士。在先祖的血脉里奔涌的是雷霆与闪电！”伊崔格沉醉于怀想里，自豪地说：“睿智的萨满祭司指引着他们，并维持着氏族间的和平。”

提里奥靠上前，认真倾听这位老兽人说话。从没有哪个人类听过这么多兽人的历史。“然后呢？”提里奥焦急地追问。回想起每晚给泰兰讲睡前故事时，不知儿子是否也是这种感觉。

伊崔格忧郁地继续说道：“后来，在氏族间崛起了一个新的组织，承诺把他们团结起来，共建强大的帝国。许多萨满祭司都抛弃了古老的传统，开始研习黑暗魔法。他们将自己称作术士。出于某种邪恶的意图，他们利用暗影力量腐化了氏族，并把他们变得极端暴力。反正也算是成功团结了我的族人。”伊崔格冷笑着说，“在术士的统领下，各个氏族联合起来，形成了残暴的部落。我们高贵的战士传统遭到扭曲，沦为实现他们黑暗意图的工具。把我的族人带到你们世界中来的正是那些术士，人类。是他们挑起了那场战争。”

提里奥困惑地摇了摇头。“就没人敢站出来抗议？在一个战士的族群里，竟然没人愿意挺身反抗？”提里奥急切地问。

“的确有少数人拒不服从。其中有个持不同意见的氏族，他们的首领名叫杜隆坦，公然挑战术士的权威，并试图将其他愚蠢的氏族唤醒。那个强大的杜隆坦让我印象深刻。他是一位大英雄。可惜只有寥寥兽人愿意听从杜隆坦的警告，别人都在术士的蒙蔽之下失去了理智。结果杜隆坦和他的氏族都因为他的勇敢直言而遭到流放。我听说他在几年之后还是死在了术士刺客的手里。这就是部落之道。”伊崔格的话说完了。

“真是疯狂。”提里奥说，“如果你的族人像你说的那样荣誉至上，怎么会如此轻易地就被人控制住。”

伊崔格一脸愁容，沉默了半晌，然后抬起头，目光冷峻地答道：“那时攫住我们的是一股可怕的力量，人类。在杜隆坦被除掉之后，我的族人陷入了恐惧与疯狂，再也没人敢站出来跟术士抗衡。”

提里奥嘲弄地一笑。

这不屑惹得伊崔格出离愤怒：“人类，你可曾与整个氏族的意志对抗过？你可曾在明知必死无疑的情况下，质疑过一个组织？”

提里奥避开了他的目光。没有。他无法想象那是什么感觉。

伊崔格见提里奥明白了他话里的意思，于是点了点头，继续说道：“据说，那些术士与恶魔同流合污，汲取了他们的地狱之力。我个人相信这种说法。控制我族人的黑暗力量不可能生成于我们的内心。”

提里奥紧张起来。他记得听说兽人们放出了恶魔，在人类中散播恐惧。这个念头令他毛骨悚然。

“看来你的族人早在与人类交战之前就已经饱经苦难了，伊崔格。”提里奥的语气里带着骄傲。

伊崔格斜睨了他一眼。提里奥继续说：“但你讲的故事的确非比寻常。长久以来，恐怕我都误解了你和你的族人。”

这话似乎让伊崔格有些高兴，他站起身来，挺直脊背。

“事实上，”提里奥继续说道，“我们两个很像，都是牺牲甚多的老兵，为了——”

伊崔格挥了挥强健的手掌，打断了他的话：“我们毫不相像，人类。”他低吼道，“我是被流放到敌人领地上的叛徒！你是个富有的领主，深受自由民众的爱戴，要过什么样的生活都能随心所欲。我们一点都不像！”说完，这位老兽人对自己的失态感到窘迫，转过头去看向远方。

伊崔格琢磨着兽人尖刻的言辞。"你说得对。我们双方正在交战，因此我必须要问你个问题。伊崔格，请你以荣耀为名如实作答——在我的领地上是否还有其他兽人？部落是否计划入侵这里？"

伊崔格重重叹了口气，重又坐到地上。他沮丧地摇了摇头，注视着提里奥的眼睛。

"就像我刚才说的那样，这里只有我一个。我没兴趣跟别的族人打交道，这些年来再也没见过其他兽人。我对部落的计划并不知情，只能对你保证，你眼前这个颓废的老战士没打算进攻你的堡垒，更不想给你惹任何麻烦。我只想不受打扰地过完余生。我这一生都在徒劳地厮杀，和平是我唯一的心愿。"

提里奥点点头。

"作为一名光荣的战士，我相信你说的话，伊崔格。为了报答你的救命之恩，我会让你继续避世隐居。只要你不露形迹，不来滋扰我的族人，想在这里住多久都可以。"

伊崔格难以置信地笑起来："即便你同意，你的同胞也会来追杀我。对他们来说，我可是心腹大患。"

"但我是他们的领主，伊崔格。他们得依照我的命令行事。我以圣骑士的身份对你庄重立誓，你的秘密不会泄漏。只要我掌权一天，就绝不会有人来追杀你。"提里奥向伊崔格立下誓言。

有那么短暂的一瞬，提里奥后悔不该把话说得那么满。他知道若是情势变得复杂，要想履行这样的承诺必定是极其困难的。如果他的战友发现他跟兽人立下了这样的约定，一定会把他视作叛徒。然而直觉告诉他，这是个正确的决定。他信心笃笃地站起身。

伊崔格满意地哼了一声："那就以你的荣耀担保。"他说着又站了起来。

提里奥再次留意到兽人的跛足。伊崔格显然承受着巨大的痛苦。

"以我的荣耀担保。"提里奥看着兽人的伤腿答道，"伊崔格，其实我可以帮你疗伤，我有这种力量。"

兽人被逗得笑了起来："谢谢，但不必了。疼痛是位伟大的老师。别看我打过那么多场仗，我还有很多东西要学。"

提里奥朗声大笑。他真心有些喜欢上这个老兽人了，而在不到一个小时之前，他还将其视作十恶不赦的恶棍。

"或许有一天我会回来多跟你聊聊。我必须承认，你跟我想象的大不相同。"圣骑士坦言。

伊崔格也咧嘴笑起来，那双巨大的黄色獠牙仿佛要戳出来似的："你也是啊，人类。"

提里奥再次朝他敬了一礼，骑上米拉多尔，策马奔出了兽人的视线。

* * *

骑行在弯曲的山路上，提里奥的脑海中涌动着万千思绪。他不确定让那兽人在他的领地上避难会不会是个错误。但无论如何，他都已经答应要帮对方保守秘密。不管发生任何事，他在道义上都必须要保护老兽人免受迫害，必须如次。

当他把马骑回堡垒的马厩里时，已近黄昏时分。提里奥疲惫地把缰绳递到马童手中，朝堡垒里走去。他现在只想好好睡上一觉，忘却白天的烦恼。

正当他伸手去拉厨房门的把手时，一只强有力的手拽住了他的胳膊。提里奥抬起头，看见巴瑟拉斯挡在他身前。那年轻人的眸子里闪动着光芒，看得提里奥很是不安。

“大人，”巴瑟拉斯冷冰冰地说，“我们必须马上谈谈。”

提里奥失望地叹了口气：“我累极了，巴瑟拉斯。明天一早再谈不迟。”

巴瑟拉斯的手却握得更紧。“我想您没听懂我的意思，大人。我知道您今天去哪里了。”年轻的圣骑士说道。他的眼睛一下未眨，提里奥却如同被禁锢在冰寒深渊。

提里奥不知是不是雅顿走漏了风声。不会。雅顿一向忠心耿耿。

“你早就知道壁炉谷里有兽人了，提里奥。你的眼神骗不了我。为你着想，但愿你没有隐瞒任何相关情报。”

提里奥闻言大怒。他能忍受这个年轻人的傲慢，可他绝不会在自己家里被一个热血过了头的毛头小子威胁。

“我提醒过你，巴瑟拉斯。跟我说话时要保持适当的尊重。”提里奥愤怒地说。“至于你的担忧，我已经查明我遭遇的那场意外只是偶然。眼下你需要知道的就这么多。你最好把这些事情都给忘掉，不要再提。现在趁我还能控制脾气，拿开你的手，把路给我让开。”

巴瑟拉斯慢慢松开手，后退了一步。他那洞穿一切的眼神却仍聚焦在提里奥身上。年长的圣骑士愤而转身，走进堡垒。

孤零零留在原地的巴瑟拉斯沮丧地叹了口气。

“这事没完，大人。”年轻的圣骑士小声对自己说，捏紧拳头，“绝不会就这么算了。”

* * *

提里奥走进自己的私人房间，郑重地脱下盔甲，把战锤放回壁炉架，然后进入卧室，重重栽在床上。他此刻但求能睡上几个小时。

就在他刚刚把脑袋枕上长毛绒枕头时，卡兰德拉走了进来，看见他在房内一脸惊讶。

“噢，你回来了。”她甜甜地说，“一大早跑到哪儿去了啊，提里奥？我问过雅顿，但他什么都不肯告诉我。”妻子的声音里满是关切。

提里奥有些紧张。他根本不想谈论那兽人的事。他答应过要替伊崔格保守秘密，却也不愿意跟妻子撒谎。注视着卡兰德拉的眼睛，提里奥看得出来，要是不把一切和盘托出，她是不会放心的。

“我去调查和兽人交战的地方了，卡兰德拉。我必须查清楚是否还有更多兽人闯进了我的领地。”他有些急躁地说，“我想一个人去，所以才叮嘱雅顿对任何人都不得声张。”

卡兰德拉皱起眉，双臂叠抱于胸前。每当他惹她不快时，她都会摆出这个姿势。

“你在几天前才遭到攻击，这么快就一个人跑出去？你怎么能那么鲁莽啊，提里奥？你想证明什么？如今你可不是年轻人了！”她激动地斥责道。

提里奥有些无奈。先是巴瑟拉斯，现在又要面对妻子。

“我当兵的年头比你的年纪还要大，小女孩！用不着你来教我怎样履行职责！”他咆哮着。

提里奥很少会这样对妻子讲话，每当他这样，卡兰德拉也不知该如何应对。她决定战略性地转移话题，以免二人不欢而散。

“你找到要找的了吗？”她努力让声音显得波澜不惊。

提里奥强迫自己平静下来，但知道这个新话题也没那么好打发。

“是的，找到了。”他语调平平地回答，“我确定那场战斗只是偶然，眼下无须惧怕兽人的威胁。”

卡兰德拉高兴起来，在他身边坐下，握住他的手。“那我就放心了。这真是个好消息，提里奥，可你怎么能这么肯定？”

提里奥心头一凛，他不愿意对她撒谎。“关于这一点，我不能告诉你，亲爱的。”他轻声说道。

“为什么？要是真像你说的那样，没什么可怕的，那告诉我也无妨啊！”她的声音听起来有些受伤。

“这事关荣誉，卡兰德拉。恕我无可奉告。”

卡兰德拉一下子把手抽回，站了起来。提里奥对她眼中迸发出的雷霆怒火已经有所准备。

“荣誉。你总是三句话不离这个词啊，提里奥！你跟那个虚荣自负的巴瑟拉斯一样气死人！那宝贵的荣誉对你来说难道真比妻子还重要？”她捂住脸，泪水仿佛要夺眶而出。

提里奥抬头看着她，让语气显得尽量柔和：“你不会明白的，亲爱的。我是一名圣骑士。我肩负着很多期望……”他的声音越来越小，语调里带着一反常态的自悯。

卡兰德拉把手从脸上拿开，努力克制着打他的冲动。

“你说得对，我是不懂！可我知道你肩负着什么期望。”她大声嚷嚷着，泪水顺着通红的双颊往下流淌。“你应该扮演好我丈夫的角色，别像对待人事不通的小女孩那样，把你的那些愚蠢的小秘密藏着掖着！你应该扮演好负责任的领主，而不是想走就走，任由自己陷入危险！”说完她低声啜泣起来，提里奥转过头去。“你应该小心活着，别让我们的儿子从小就没了父亲。”

提里奥站起身来，将她拥入怀中。“亲爱的，我都知道，我确实冒了不必要的风险。可你在这件事情上得相信我，卡兰德拉。一切都会好的。”他安慰道。

她擦拭着眼泪，望着丈夫的脸。她愿意尝试信任他的判断。正当她想开口告诉他时，悉索的脚步声表明泰兰走进了房间。提里奥与卡兰德拉转向门口，看见儿子睁着迷蒙的睡眼站在那里，显然是被他们的争吵声吵醒了。

“你们吵架了吗？”男孩怯生生地问，大大的蓝眼睛里闪着关心。

提里奥走过去，把儿子抱了起来。“没有啊，你母亲只是在为兽人的事情担心。”

泰兰似乎想了想，接着说：“爸爸，兽人是不是真像大家说的那样，既阴险又残忍？”

提里奥没想到会面对这么直接的问题。他回想起与伊崔格那场开诚布公的交谈，一时之间竟不确定了。他不愿意对儿子说假话。在后代人心里总该怀着些希望才好。

“儿子，这个问题很难回答。”他慢慢说道。他与泰兰四目相对，没有看见卡兰德拉怀疑的目光。男孩专注地听父亲继续说。“我想兽人也有好人，只不过不易被发现罢了。”

卡兰德拉简直无法相信自己的耳朵，刚刚退去的怒意又涌了回来。

“真的吗，爸爸？”泰兰问。

“我想是的。”提里奥说，“有时我们对人不能妄下结论，儿子。”

这个答案似乎让男孩很是满意，卡兰德拉却不然。她绝不容忍提里奥给泰兰灌输这么荒谬的想法。

“不许你跟他这么说！”她怒斥，“兽人都是无脑的野兽，见到他们就该赶尽杀绝！你明知道他们对我们的世界做过什么，怎么还能那样说？你到底是中了什么邪啊，提里奥？”她咆哮着把泰兰从他怀里抢了过来。

男孩感觉到母亲的愤怒，大哭起来。她疼爱地抚摸着他的头发，转身离去。

“别担心，宝贝儿。你父亲只是累了。我们让他休息一会儿好吗？”说完头也不回地大步离开。

屋里就只剩下提里奥一个人，他走到华丽的餐台前，给自己倒了杯凉酒。他举杯深抿一口，重重坐下，真不知他的整个世界怎么会天翻地覆得如此之快。

第四章　命令的桎梏

在壁炉谷一切平静地过了两天，关于兽人威胁的传闻也渐渐平息。提里奥总算松了口气，甚至以为能把整件事都彻底抛在身后。只要伊崔格远离他的族人，提里奥就无须采取行动，不必背叛他对那位老兽人立下的誓言。

近来，巴瑟拉斯也没再闹出什么动静，这让他很是意外。但在那位年轻圣骑士沉默的背后，提里奥还是感觉到只要仍旧怀疑壁炉谷里有兽人，他就绝不会善罢甘休。

在那场意外过后，提里奥继续以统治者的身份，相对轻松地统领着这片土地。终日千篇一律的军政职责让他无暇再去回想和伊崔格的那场生死大战。

他把私人时间都留给了泰兰和卡兰德拉。令他意想不到的是，妻子似乎把那天晚上的争论忘得一干二净，还是那么的乐天开朗，再也没有提起兽人的话题。提里奥对这份平静与安宁心怀感激。在过去一周里，他真是尝够了刺激与危险。

* * *

湛蓝的天空中艳阳高挂，提里奥坐在宽敞的阳台上，俯瞰堡垒的马厩和畜栏。阳台位于堡垒的后方，从这里望去，远处冰雪覆盖的奥特兰克山脉美不胜收。

他看见卡兰德拉牵着一匹雪白的小马驹，正在畜栏四周绕着圈。泰兰骑在马背上，享受着美好的童年时光。男孩大笑着挥舞着一双小手，让妈妈把马牵得快些，再快些。

卡兰德拉也是满脸笑意，不断提醒儿子要用双手抓紧小马的鬃毛。

提里奥专注地看着他们。他们就是他世界的中心，也是他所有快乐的源泉，他绝不会让他们失望。

他一直在思考着卡兰德拉在吵架时对他说的那番话。也许荣誉果真是个自私的东西，但即便如此，也是他不容分割的一部分，就像是他的另一张脸，定义着他的身份。作为一名圣骑士，荣誉是他无法舍弃——也是不愿舍弃的。他的一切都建立在荣誉之上。

他只希望再也不用在荣誉与他挚爱的人之间做出选择。

* * *

雅顿沉重的靴子踩得阳台的石头地面踢踏作响。卫兵队长大步走到提里奥身后，匆匆鞠了个躬。

提里奥发现雅顿气喘吁吁的。这位忠诚的队长想必是一通好找。提里奥起身跟他打招呼，看见雅顿神情紧张，脸色苍白。

“出什么事了，雅顿？怎么这么着急？”

队长努力调整着呼吸。“我在到处找你呢，大人。”雅顿的声音有些嘶哑，“大门处有客人来访。”

提里奥紧张起来，想到了最坏的情形。当然，堡垒经常会有访客上门。但要说有什么人能把雅顿吓成这样，说不定是兽人大军已经攻到了家门口。

“什么客人？有什么问题吗？”圣骑士追问道。

雅顿摇着头，还在大口喘着气：“是来自斯坦索姆的特使，大人。大指挥官达索汉在一整团卫兵的护卫下亲自到访。他想立即跟你谈谈。”

提里奥听得下巴都掉了。达索汉大人来了？

大指挥官不仅是他的直属上司，还是他交往最久的老友之一。达索汉既是一位伟大的首领，也是光荣的战士。他和提里奥在战斗中曾经不止一次救过对方的命。随着公务日渐繁忙，两位好友已经多年未见。可他怎么会大老远地从主城跑来，还带来这么大一支军队？

提里奥感到一阵突如其来的恐慌。达索汉知道了兽人的事。这是他到访此地的唯一解释了。他知道一定是巴瑟拉斯把他不久前遇到伊崔格的事报告给了大指挥官。

提里奥深吸一口气，稳定心神。他拍了拍雅顿的肩膀，朝下方的妻儿望了一眼，朝大门走去。

* * *

大指挥官赛丹·达索汉威风凛凛，身高近六英尺半，穿着光辉夺目的盔甲。宽大的肩膀上披着绣金边的寂夜蓝斗篷，下摆在身后甩动，带着不凡的王者之气。长年累月的战斗厮杀在他的面容上留下了岁月的痕迹。灰色的短发与胡须修剪得利落整齐，碧蓝的眼眸闪烁着与他实际年龄不符的活力和力量，仿佛能看穿一切。

看到提里奥朝自己走来，达索汉卸下了严峻的表情，展颜而笑。他大步上前，与好友紧紧相拥。提里奥觉得连肺里的空气都要被挤没了。力量过人的达索汉几乎要把他从地上抱了起来，接着敞开胸襟放声大笑。

“提里奥，我的朋友，见到你真是太好了。我们有多久没见？四年了吧？”达索汉问道。他松开提里奥，圣骑士毕恭毕敬地站直身子。

“是差不多有四年了，大人。”提里奥回答。

达索汉狡黠地一笑，拍了拍他的后背，险些把提里奥拍倒。“别‘大人，大人’的好不好！除了你之外，如今可找不到几个见过我当年光屁股的模样的人了。咱俩之间就不要客套了。”达索汉幽默地说。提里奥强迫自己放轻松，回以微笑。

“那就按你说的来吧，赛丹。”他轻拍高个子男人的肩铠，温暖地说，“见到你我也很高兴。”虽然达索汉举手投足间透着往日的熟悉与热络，但他锐利的目光中却闪烁着忧虑。

提里奥朝好友身后望去，只见一排又一排盔甲加身的步兵站在堡垒门外的平原上。他的心往下一沉。故友重逢当然会让人新生喜悦，但提里奥也明白，既然来了这么多士兵，意味着有麻烦了。

“赛丹，你要来怎么也不提前告诉我一声？我可以好好准备一桌宴席给你接风。”提里奥尽量让声音显得豁达而友好。

达索汉点点头，摊开双手。“不请自来真是抱歉啊，提里奥，我们有急事要应对，我觉得必须尽快赶来跟你见面。但这些事情稍后再说，你需要时间召集顾问。”他的声音更显低沉。

“有麻烦吗，赛丹？我们要打仗了？”提里奥实在不知道还能说些别的什么。达索汉双目炯炯地看着他，端详着他的表情。

“我来这里为的就是确认这一点，提里奥。”他缓缓说道。他果然是听说了伊崔格的事。“不过我现在迫不及待地想要见见你亲爱的新娘和儿子。”达索汉热情地说，“小家伙出生时我没能到场，真是太遗憾了。”

提里奥点点头。

“他很可爱，是个圣骑士的好苗子。”他笃定地说道，感觉汗珠都要从额头上滴落。他竭力镇静，让举止保持自然，似乎身体都要被达索汉的眼神看穿了一般。当达索汉爽朗大笑时，他吓得几乎要跳起脚来。

“关于这一点，我毫不怀疑。弗丁家族的血脉必定会世代守卫洛丹伦和这里的人民。”达索汉微笑着说。

提里奥也笑着点点头：“这也是我衷心希望的。”

* * *

几小时后，提里奥的顾问们齐聚议会厅。在场的还有达索汉手下的几位高级副官。这群客人的到来令巴瑟拉斯异常兴奋，此刻他站在后排，保持安静。

大指挥官达索汉已在桌首就座，提里奥则坐在他身边。屋里气氛紧张，所有在场人员都料想达索汉一定是有紧急军务要与他们商谈。

“那就开始吧。”达索汉看着提里奥说道，“我接到消息，说壁炉谷里出现了兽人。眼下的局势究竟怎么样了？”

提里奥咽了口唾沫，嗓子眼突然干得冒火。

“大人，就在几天前，我遇到了一名兽人战士。”他说，“虽然我重伤了他，但却在杀死他之前昏了过去。后来我又回到决斗的地点，想确认那畜生是否还活着，也想调查清楚在我的领地之内是否还有其他兽人党羽。结果我发现那只是一场孤立事件，除他之外，没有别的兽人。”提里奥陈述完了。

他现下的处境很是危险。他不愿意对上级撒谎，荣耀禁止他这么做。

达索汉靠在椅背上，用手摩挲着下巴上的胡须，思索着提里奥的话。

“你是独自前去调查的吗？”达索汉问。

提里奥点点头说：“是的，大人。”

“可惜没有别人能证明你的发现，提里奥。显然，你的部下对局势的估计并不像你那么乐观。”达索汉正色道。

提里奥皱起眉，他甚至无须转身就能看见巴瑟拉斯脸上那自鸣得意的表情。

“圣骑士巴瑟拉斯向我报告了这件事，他似乎认为这片土地面临的威胁远比你想象中严峻得多。我来这里就是为了亲自查明这里是否真有危险。”大指挥官厉声说道。

提里奥转过身去，看着怔在原地的巴瑟拉斯。他强压怒火，面朝达索汉。

“赛丹，我们是多年的朋友。想必你不会怀疑我在这件事情上的判断力吧？坦白说，巴瑟拉斯的行为已经冒犯了我统治这片领地的权威。他的确是热诚可嘉，但用这种小事去惹你烦心，真是不可理喻！”

达索汉把手放在提里奥的胳膊上，示意他冷静。

“提里奥，我一向信任你的判断力。我从来没有质疑过你的荣誉或权威，现在也不打算这么做。在正常情况下，我绝不会过问这样的事，但几桩特殊事件却让我不得不谨慎防范任何可能发生的兽人入侵。”

达索汉靠上前，扫视着在座的各位顾问。

“这段时间我们陆续收到报告，说兽人的族群中出现了一位自命不凡的新酋长。这位年轻的兽人打算把各个氏族集结起来，重新组成部落。尽管他手下的战士寥寥无几，但却狂热勇猛，攻下了不少守备森严的保护区，人数也越来越多。联盟统帅部认为我们已经进入了紧急状态。我之所以说出这番话，是想让你们明白我的来意。如果巴瑟拉斯的消息里有哪怕一丝实情，我们都务必要立即准备迎战。”

震惊的顾问们开始交头接耳，达索汉转身面向提里奥。

“老朋友，请恕我直言，我不能只听信你一人的直觉。眼下的情势太危险了。”

提里奥难以置信地摇着头，做好了迎接事态发展的准备。

“天一亮，我们就立即去搜查林地，寻找更多关于兽人活动的确切证据。提里奥，我希望你能亲自把我们带到你遇见那兽人的地方。要是能找到那畜生，我们会把他带回斯坦索姆严加审讯。”达索汉说。

提里奥沮丧极了。如今已别无他法，上司直接对他下达了命令，他唯有违背对伊崔格立下的誓言。

“如你所愿，大人。”提里奥涩涩地说。

部署完毕后，达索汉似乎很满意。他让顾问们退下，建议所有人都去集结部下。

提里奥起身要走，这时看见巴瑟拉斯正站在门口看着自己。这位年轻的圣骑士脸上带着志得意满的笑意。提里奥忍住冲动，没有冲过去掐断他的脖子。

他没有再多看巴瑟拉斯一眼，夺门而出，去为清晨出征做准备。

* * *

当骑士与步兵大军浩浩荡荡地进入林木丛生的丘陵深处时，大地已经披上了第一缕晨光。提里奥、雅顿和达索汉率领着身穿闪亮盔甲的战队，沿着尘土飞扬的狩猎小径走进茂密的林地。巴瑟拉斯跟在他们身后，似乎更愿意与达索汉麾下的老兵们交谈。这位年轻的圣骑士明显是想在战斗中证明自己。

提里奥喜欢他离自己远远的。他对巴瑟拉斯憎恶至极，甚至不愿意看见他的脸。

提里奥的心情分外阴郁。他几乎整晚没睡，醒来时感到五脏六腑揪得难受。他希望能给伊崔格报个信，让那老兽人能有机会逃走。可是提里奥知道，即便他设法去警告兽人，他的行动也是背叛了上司的命令。

他明白忠义不可两全的道理，誓言与职责必舍其一。他面临着失去宝贵荣誉的危险。

大部队跟在提里奥身后，沿着山路骑行了好几个小时。他清楚地知道该往哪里走。没过多久，残破的警戒塔便出现在树林的另一侧。

达索汉靠上前来，问提里奥前方那座塔是否就是他们要找的地方。

“我第一次就是在那里遇见那兽人的，大人。”提里奥平静地说。

达索汉点点头，觉察到了提里奥的忧虑。

“你确定吗，提里奥？你今天早上显得垂头丧气。”

“我很确定，大人。”提里奥声音嘶哑地回答，“我没事，只不过有点累。”

达索汉鼓励地拍了拍他的肩膀。大指挥官示意士兵们在路旁各就各位，然后命令几名卫兵来到阵前，其中就有雅顿。卫兵队长微笑地看着提里奥，可圣骑士这时哪里笑得出来。

提里奥惊恐地看着两名卫兵拉出来一辆临时的囚车，那松散的囚笼原本是用来长途运送少量囚犯的。

达索汉认为在不确定当地有多少兽人的情况下，最好隐秘行事，于是下令让其他人在原地待命，带着一支小队走进了那座孤零零的塔楼。

巴瑟拉斯怀着如火的热情，急不可耐地走在大指挥官身后。提里奥、雅顿和六名步兵则沿着小路跟了上去。

* * *

塔楼周围的空地上一片死寂，战士们虽说穿戴着笨重的盔甲和武器，却也走得鸦雀无声。

谨遵先前收到的命令，雅顿让卫兵们把塔围了起来。巴瑟拉斯翻身下马，从马鞍旁取下战锤，在两名步兵的保护下，小心地走向入口。

当走到距离坍塌的入口还有几步远时，巴瑟拉斯用最具权威的声音高声喊道："我们以联盟之名到此！快点出来投降吧，你们这群邪恶的畜生！否则就别怪我们大开杀戒！"

他语气急躁，声音微颤。提里奥知道这个未经历炼的圣骑士肯定在暗自发抖。只见巴瑟拉斯那张满布愁云的脸上淌着汗。这时从塔楼残破的警戒室里传出缓慢行走的声响。巴瑟拉斯身旁的两名步兵赶忙准备迎敌。巴瑟拉斯紧紧握住战锤，神经高度紧绷。

从阴影里慢慢现出一个高大的兽人的轮廓。伊崔格站在门口，紧握战斧，随时准备决一死战。兽人愤怒地打量着这几个人类。他看见了骑在马上的提里奥，深深地皱起眉头。

提里奥起初也注视着兽人的眼睛，可他还是把视线避开了。兽人憎恶的眼神已经说明了一切——伊崔格认为他口中的荣誉真是滑天下之大稽。

这位老兽人曾经救了他一命，而他却用引敌入室来报答他。一生之中，提里奥从未像此刻这般颓丧过，自我厌恶到了极点。

伊崔格走进空地，提里奥注意到他的脚比上次见面时跛得更加厉害——兽人的伤口肯定出现了严重感染。伊崔格的双眼里燃烧着仇恨和愤怒的烈焰，提里奥看得出来，他绝不允许自己被敌人活捉。

仿佛是对他的思绪做出回应一般，达索汉开口说道："谁也不许杀死这个畜生。我要抓活的！"巴瑟拉斯飞快地转过头来，不悦地看了他一眼，但似乎还是听懂了长官的命令。

雅顿带着他的卫兵围了过来，打算帮忙擒住这个兽人。巴瑟拉斯紧张得双手发抖，他感觉到达索汉和提里奥都在注视着他。

这是他等待已久的时刻，是他盛放光辉的时刻。

只听巴瑟拉斯恶狠狠地嘶喊一声，挥起战锤朝兽人猛冲而去——打算不顾达索汉的命令，给敌人来个一击必杀。当然不会有任何野兽能敌得过自己的圣光之力，他在心底暗想。

只见伊崔格灵活地避开了年轻圣骑士笨拙的出击，挥起拳头结结实实地打在巴瑟拉斯的脸上。巴瑟拉斯吓得松开了手中的战锤，上腹部又不偏不倚地被伊崔格踢中，天旋地转地栽倒在地。

伊崔格看着巴瑟拉斯的软弱与无能，嘲弄地哼了一声。

两名步兵朝兽人冲了过去，狂劈猛砍。伊崔格躲开了第一名步兵的袭击，紧跟着砍中了第二名步兵的胸口，险些把他切成两半。同伴见识到兽人的凶残与战力，恐惧地往后退了一步。雅顿和他的卫兵们被战友的惨死激怒了，疯狂地冲上前来。提里奥看得出他们决意让兽人偿命。

“别杀死他！”提里奥看着冲向老兽人的战士们，在身后歇斯底里地喊道。

达索汉感觉到了提里奥语气中的关切，质疑地打量着他的好友。“你似乎很关心那兽人的安危啊，提里奥。”大指挥官冷冷地说，“这只不过是一场例行的抓捕行动。你没事吧？”

提里奥咬紧牙关，他不能眼睁睁地看着那骄傲的兽人被他们大卸八块，但他也不能求他们放过他。那样一来，他就会被打上叛徒的烙印。

眼下真是进退两难。

伊崔格无所畏惧地与步兵们厮杀着，然而在伤腿的拖累下，他很快就应对乏术。六名步兵成功将那强大的兽人制服在地。雅顿重重地击打那兽人的手掌，迫使伊崔格松开了战斧。战士们立即你一拳我一脚地想要把他活活打死。

提里奥看着兽人被步兵们制服，感到身体的每一寸肌肤都燃烧着愤怒的烈焰。他迅速下马，走上前去，打算把步兵们拉开。

当步兵们拽着那血流不止的兽人站起身时，提里奥想要救他的决心突然动摇了，转而停下脚步。

他在想什么呢？他是不能看着兽人被杀，可也不能跟同胞弟兄兵戈相向。他犹豫不决地愣在原地，全身的肌肉都绷在身上。

这时巴瑟拉斯大声呻吟着从地上站了起来。雅顿扶着他，掸掉他身上的灰尘。巴瑟拉斯在上司们面前觉得羞愧难当，无地自容，发了疯似地朝那兽人冲去。雅顿和提里奥一起拽着年轻圣骑士的手臂，制止住他。两人交换着眼神，在巴瑟拉斯平静之前绝不放手。

“那该死的畜生太卑劣了！”巴瑟拉斯尖声叫嚷，“应该立刻把他就地正法！放开我！”他还在竭力挣脱提里奥与雅顿的控制。

“我已经下令要求活捉他，巴瑟拉斯。”达索汉说，“你那点受损的尊严跟这畜生掌握的情报比起来算得了什么。弟兄们，去把他控制起来。”

话音一落，几名步兵立即拖着囚车上前，把伊崔格塞进囚笼里。

提里奥转身面朝达索汉。“大人，这老兽人对任何人都没有威胁。”提里奥说道。

达索汉惊讶地看着他。

“你想干什么，提里奥？是要我们放了他？”

巴瑟拉斯和雅顿也在瞪着他，都被他的话惊呆了。

提里奥转过头来，看着被打得鼻青脸肿、鲜血淋漓的兽人。伊崔格也冷冷地回望着他。你所谓的荣耀不过如此，对方仿佛在用眼神说道。步兵们还在隔着囚笼对老兽人拳打脚踢，有的扬着鞭子抽打，有的还在朝他吐口水，满口污言秽语。

提里奥终于爆发了。他快步上前，抓住那个抽打他的年轻卫兵，把他手里的鞭子抢了过来，一下下地抽在他身上。

“感觉如何啊？”提里奥大吼，卫兵吓坏了，试图避开圣骑士愤怒的攻击。

达索汉简直不敢相信自己的眼睛。雅顿的感觉也是一样。他跑上前去，拽着领主的胳膊。“提里奥，快住手！你这是在干什么？”雅顿大喊。

提里奥甩开他的手，满目怒火地直视着达索汉。“必须放了这个兽人！这事关荣耀！”提里奥把雅顿推到一旁，用鞭子的长柄狠狠地砸击囚笼上的锁。

“提里奥，你失去理智了吗？”达索汉低声咆哮着。巴瑟拉斯张着大嘴愣在旁边。

然而提里奥手里的动作并未停下。达索汉疲倦地摇了摇头，命令步兵们上前制住这个狂暴的圣骑士。雅顿的弟兄们拽住提里奥的胳膊，将他摁倒在地上。提里奥拼尽全力挣扎，但还是被那群年轻人压得动弹不得。

雅顿哀求提里奥："大人，快停下吧！你到底是怎么了啊？"在短暂的扭打过后，卫兵们终于拉着他站了起来。

圣骑士望着伊崔格，却只换来对方冰冷的瞪视。

"圣光在上，你到底是中了什么邪啊，提里奥？你的行为等同于背叛！最好给我解释清楚！告诉我你并不是想放走那畜生！"达索汉喊道。

提里奥努力让自己镇定下来。"这兽人救过我的命，赛丹！"提里奥大喊，"在我们交战时，塔楼的天花板塌了，我被困在里面等死。是他把我拽了出来，才没让我被埋在底下。我知道这听起来不可思议，但确实发生了。"

达索汉震惊了。雅顿更是不知所措地看着他的领主大人。提里奥不会真相信是那兽人救了他吧？他在领主的双眼中看见了笃信。

"我以我的荣誉发过誓，答应给他和平的生活，这是我必须捍卫的誓言！"提里奥又开始竭力挣脱步兵们的控制。

巴瑟拉斯像是回过神来了。"叛徒！"年轻的圣骑士尖叫一声，"他是联盟的叛徒！一直在跟那畜生暗中勾结！"

达索汉无法相信自己的耳朵。他始终认为提里奥是个光荣可敬、睿智清醒的人，可他现在却藐视上司，跟不共戴天的死敌同流合污。

"提里奥，我一直在努力保持耐心。你显然是被这畜生蒙骗了。无论你认为发生过什么，要是你仍然一意孤行，我就只好下令抓捕你，让你以背叛罪接受审讯！别再胡闹了！”

提里奥毫不妥协：“该死！你还不明白吗，赛丹？这事关荣耀！”他咬牙切齿地咆哮着。

“我愿意为他通敌的恶行作证。”巴瑟拉斯骄傲地对达索汉说道。很明显，这位年轻的圣骑士是想通过扳倒大指挥官来弥补刚才尽失的颜面。

“闭嘴，巴瑟拉斯！”达索汉怒吼，心情沉重地示意步兵们上前制住提里奥。

“是你逼我这么做的，提里奥。我以背叛联盟的罪名抓捕你！雅顿队长，把犯人绑起来，押上马，连同这兽人一块送去斯坦索姆，接受审讯。”

雅顿难过地低下头。他慢慢绑住提里奥的双手，带他来到马前。“对不起，大人。”雅顿看着提里奥的眼睛。

提里奥望着忠诚的侍从，皱眉轻声说道：“该说对不起的人是我，雅顿。这一切都是我自己的决定。我所做的一切都是为了荣誉。”

雅顿不解地摇了摇头。“提里奥，背叛有何荣誉可言？”他小声问。

“我是一名追随圣光的圣骑士，雅顿。你会明白的。”雅顿扶他上马。

达索汉骑马来到提里奥身边，注视着他。

“我从没想过会有这么一天。”大指挥官说。

提里奥避开了老友的目光。达索汉强忍着沮丧和悲伤，愤愤地转过身去，示意军队启程。

第五章　意志的审判

提里奥坐在正义大厅隔壁一间狭小的牢房里，对他的审判将在那里举行。

透过牢房墙壁上的一扇小窗户，他能听见斯坦索姆集市上熙熙攘攘、人声鼎沸，主广场上还时不时地传来叮叮当当的敲打声。城市的喧闹与玛登霍尔德城堡悠闲的乡村氛围很不一样。他此刻多么希望能够回到那里去。

虽然他不知道审讯结果究竟会如何，但他清楚，无论在审判庭上发生任何事，他的人生都将彻底改变。他想起了家人，还有与之共度的富庶生活。这一切都在他一念之间化为乌有。

他已经被收押了三天。今天他将以背叛罪接受审判，而他背叛的正是他穷尽毕生力量守卫的这片土地。

这真让他不敢相信，可基于法庭的最终判决，他将被处以死刑或是终身监禁的重罚。卡兰德拉永远都不会原谅他为荣誉而弃一切于不顾的行为。如果妻子必须肩负起独自抚养儿子的责任，他恐怕都不会原谅自己。

他轻声笑起来。他从前总以为只有敌人才能把他和挚爱的家人分开。我都干了些什么啊？他一遍又一遍地在心底自问。

走廊里回响起脚步声，让他吃了一惊。审讯显然还没开始呢，他痛苦地想道。他听见门外的卫兵向来人问明来意，接着门闩咔嗒一响，牢门应声打开。

雅顿沉着脸走了进来。提里奥高兴地上前与朋友握手。

“很高兴见到你，雅顿。你在我被捕后回过家吗？有没有见过我的妻子？”他急切地问。

雅顿摇了摇头，示意提里奥坐在简易床上。“没有。审讯结束前，他们不准我离开，大人。”卫兵队长干脆地回答，“我也不知道卡兰德拉听说了没有。”

提里奥皱起眉，他知道妻子此时肯定担心坏了。

“那个兽人呢？”提里奥问，“他们把他怎么样了？”

雅顿紧张起来。“你还在乎他干什么啊，提里奥？他可是你的敌人！真不明白你对他怎么这么关心！救你命的绝不可能是那畜生！他就是个无脑的魔鬼！”雅顿说着啐了一口。

提里奥直视着他的双眼。“请你回答我，队长。”提里奥尽量平静地说。他务必要小心自己的语气，雅顿也许是他如今唯一的朋友了。

“他们接连审问了那畜生好几天。”雅顿说，“显然，从他嘴里没有撬出任何有用的东西。我听当地的几个卫兵夸口说，把他打得肠子都快流出来了。他们明天一早会在广场上把那卑鄙的野兽绞死。”

提里奥心头一沉。伊崔格要死了，这一切都是他的错，他必须设法弥补，纠正错误。

雅顿察觉到了提里奥的不安。“大人，你也许会为此被判处死刑。”雅顿对他说，“要是你坦白招供，说自己失去了理智，说不定那些人能网开一面放过你。为这样的事情去送死真是太不值得了！圣光在上，你可是圣骑士领主啊！你是人民的依靠！你得想法让自己脱身！”队长急切地说。

提里奥摇了摇头。“我做不到，雅顿。这事关荣誉。我发誓要保护那个兽人，而我背叛了誓言。无论我为此要遭受何种惩罚，都是罪有应得。”

雅顿沮丧地挠着头。“这毫无意义啊，提里奥！想想你的妻儿！”

提里奥站起身。

“我考虑的正是这个，老友。倘若我失信于人的话，会给儿子树立什么样的榜样？他又会如何看待我？”提里奥问。

雅顿愤怒地别过头去。“这没那么简单，你是知道的！”队长怒吼，“承认你犯错了不行吗？承认你不该跟兽人结党，他们或许会宽大处理！这有什么好争论的？你难道是真的失去理智了吗，老兄？”

这时牢门开了，两名卫兵走了进来。

“队长，您现在必须离开。”其中一名卫兵说，“我们要把囚犯护送到大厅去。”

雅顿向提里奥投去最后一个恳求的眼神，气恼地夺门而出。

提里奥挺直腰杆，想让自己尽量显得骄傲而自信。“我准备好了，先生们。”他对卫兵说，任由对方绑住他的双手，将他带出牢房。

正午的太阳明晃晃地晒得提里奥睁不开眼，数日来疏于活动的四肢也是软绵绵地使不上力气。卫兵们带着他穿过广场，走向雄伟的正义大厅。

提里奥用余光瞥见绞刑架已经搭好，看来刚才听到的敲打声就是从这里传来的。他看见伊崔格站在绞刑架上，脖子上绕着绞索。提里奥努力维持着强装出来的自信。如果伊崔格死了，他所有的努力都将付之东流。

* * *

一小时后，提里奥端坐在审判室正中央那把宽大的橡木椅上。

在他前方巨大的高台上摆着四张犹如王座般的座椅。高台中央，位于他正对面的是审判台，法官将在那里对他进行审讯。高台上挂着一面白色巨旗，上面印着蓝色的字母‘L’，是洛丹伦联盟的象征。审判室很是宽敞，四面的墙壁上还装点着代表联盟七大国的巨幅旗帜。一面巨大的蓝色旗帜上绣着金色雄狮，象征着暴风城王国。另一面黑底旗帜上印有戴着红色手铠的怒拳，象征激流堡王国。

提里奥紧张极了，甚至不敢环视在座的人群。

尽管他没勇气转身面对同僚们脸上斥责的表情，却能听见在这个宏伟堂皇的大厅里有一百个声音同时在窃窃私语。透过这一片嘈杂，他听得出在场的所有人都为他的背叛深感震惊。许多人都曾随他在战场上出生入死，还有不少是他从前的好友。他们的困惑与蔑视如巨浪一般朝他席卷而来。

这场审判注定难熬。

他注意到巴瑟拉斯坐在右边很远的位置上。年轻的圣骑士正目不转睛地看着提里奥，目光里满是谴责。提里奥想不通这个年轻人怎么会这么恨他，如此迫不及待地看他名誉扫地。

他转过脸去，看着另一位身穿盔甲的圣骑士走到台前。

“洛丹伦的守卫者们。”圣骑士嗓音嘹亮地说道，“今天我们将在这里审判我们的同袍兄弟。对领主提里奥 · 弗丁的审判现在开始。”

提里奥发现掌心正在冒汗，他必须刻意控制自己颤抖的身体。

他知道四位陪审员很快就要走进大厅。洛丹伦的每一场重要审判都会由联盟四位地位最为崇高的领主担任陪审员，其中一定有与他地位相当的老熟人。在场的旁听人群安静下来，注视着第一位陪审员走进门。

“首先有请库尔提拉斯的海军上将戴林·普罗德摩尔。”伴随着圣骑士的介绍，身材瘦长的上将走上高台。普罗德摩尔上将坐在最右侧的座椅上，骄傲的脸上带着忧虑的神情。

提里奥非常了解他。除了是个战术天才之外，这位海军上将还是最伟大的战斗英雄之一。他的军官制服和宽大的仪式帽都是深邃的蓝色，胸前挂着金色的奖章与徽记，彰显着他联盟海军最高统帅的身份。

圣骑士接着宣布：“接下来有请达拉然法师议会的大法师安东尼达斯。”伴随着他的介绍，第二位陪审员走进大厅。人群寂静无声地看着这位神秘的法师上台就座。他身穿金黑二色饰边的淡紫色兜帽长袍，手持一柄巨大而光亮的法杖。

由于从不信任魔法，提里奥这些年来很少跟法师们打交道，没想到他的命运如今却掌握在这些人手里。他回过头去，看着圣骑士宣布最后两位到场的陪审员。

地位尊崇的大主教阿隆索斯·法奥——也就是在很久之前授予提里奥圣骑士身份的人——走了进来，坐到了审判台旁边的座椅上。

紧随其后的是年轻的洛丹伦王子阿尔萨斯，他在不久之前才刚刚成为正阶圣骑士。虽说提里奥从没跟这位年轻的王子打过照面，但他还是看得出来，在他那张帅气的面庞上焕发着善良和超出年纪的智慧。

提里奥多么希望巴瑟拉斯能有王子的这份镇定沉着，不会做出几天前的那些事情来。

陪审员逐一落座后，圣骑士示意所有人站起身来欢迎法官。在场的男男女女纷纷站起，看着乌瑟尔·光明使者走进大厅，走向装饰华美的审判台。

这位白银之手骑士团强大而神圣的守护者用炯炯锐目环视人群，眸子里带着海洋风暴的色彩，雕饰精美奢华的银色盔甲仿佛反射着宽敞大厅内的每一处光源——让乌瑟尔沐浴在耀目的光环中。

乌瑟尔是第一位圣骑士，也是联盟军队中最强大的战士，同时还是神圣的圣骑士阵营里最睿智高贵的成员。厅里的所有人都慑服于他的凛凛威仪。

提里奥感到脑袋里翻江倒海。在这一刻之前，他都决定恪守信念，满怀荣誉地接受命运的裁决。可当他望着这位威严的上级时，心中的勇气却动摇了。

也许雅顿是对的？他狂乱地想道。也许他应该乞求法庭的怜悯，忘记他曾经对人类死敌立下的誓言？这时光明使者那雄浑而悦耳的声音传进了他的耳朵，打断了他的思绪。

“圣骑士领主弗丁，”乌瑟尔说，“你被控对联盟犯下了背叛罪，并违抗上级下达的直接命令。如你所知，这两项皆是重罪。诸位高贵的领主今天来到这里，在圣光之下对你进行审判与裁决。你对此有何辩解？”

提里奥握紧拳头，绷紧颤抖的身体。他几乎连话都说不出来。“我认罪，大人。我甘愿为自己的罪行受到惩处。”提里奥说。

厅内同时爆发出一百个愤怒的声音。显然，许多旁听者都以为这些指控是欲加之罪，或是夸大其词，没想到提里奥居然如此光明正大地承认了。

提里奥转过头去，看着喧闹的人群。他看到雅顿坐在他身后。卫兵队长痛苦的表情像是在恳求提里奥重新考虑他的立场。

提里奥没再看他。雅顿始终对他信任有加，忠心不二，但却永远都不会明白……

强大的乌瑟尔发出一声怒喝，命令人群肃静。旁听者们如同被闪电击中一般齐刷刷地安静下来。提里奥几乎能在空气里感觉到那份威严带来的压迫感。他稳住心神。

“很好。”乌瑟尔冷冷地说，“请如实记录，圣骑士领主弗丁自认有罪。”

提里奥看着四位陪审员小声交谈了一会儿。随后，普罗德摩尔上将结束了讨论，示意乌瑟尔继续。

“接下来，有请大指挥官赛丹·达索汉上前作证。”乌瑟尔下令。在人群轻微的骚动声中，达索汉走上高台。他在提里奥的座椅旁停下，站姿庄严。

两位老友匆匆交换了一个眼神。达索汉只是难过地朝提里奥微微颔首。

“大指挥官达索汉，你指控这个人犯下了背叛罪。现在请你向法庭解释那场事件，以及这个人所犯罪行的本质。”

达索汉清了清嗓子，略一挺身。“诸位大人，我真心希望能够做出这样的陈述，说提里奥·弗丁始终是一位荣耀高贵之人。但我无法否认我亲眼所见的一切。四天前，我率领分遣队进入壁炉谷林地，追捕兽人余孽。弗丁领主配合并帮助我找到了目标，那兽人如今已被关押，等待处决。就在我下令对那畜生实施抓捕时，弗丁领主却转而对抗我的手下，要求释放他。我反复要求他罢手，但他却拒不服从。给出这样的证词，我的内心无比沉重。”达索汉说完了。

大厅里再次响起窃窃私语声。陪审员们讨论着达索汉的证词，乌瑟尔则再次对人群发话。

“在座的有没有人能证明大指挥官达索汉说的都是实情？”话音刚落，巴瑟拉斯便噌地站了起来，提里奥不禁浑身一震。

“我能，大人。”年轻的圣骑士激动地说，“事情发生时我就在现场，听从达索汉大人的指挥。我亲眼目睹了提里奥的背叛行径。”

当他说出上司的名字时，语气里全是轻蔑。提里奥听见雅顿在他身后叹了口气。

乌瑟尔示意达索汉退下，命令巴瑟拉斯走上前来。达索汉在与巴瑟拉斯擦肩而过时深深地看了他一眼。显然，虽然这位年轻人不遗余力地想要讨大指挥官的欢心，但效果却并不如意。

带着出人意料的平静，巴瑟拉斯在提里奥旁边的座椅上坐下，一脸的傲慢与热切。

“请陈述你的指控，初阶圣骑士巴瑟拉斯。”乌瑟尔冰冷地说。这位年轻圣骑士目无尊长的狂妄明显也惹得他甚为不满。无论是否有罪，他都仍然应该尊称提里奥一声领主。

巴瑟拉斯却若无其事地继续说道：“正如大指挥官达索汉说的那样，我看见弗丁拼命想把那兽人救走，大人。他说他跟那畜生有约定，不容任何人推翻。”巴瑟拉斯实事求是地说，“您瞧，我就知道他图谋不轨。早在我们去抓捕那兽人之前，我就预感到这个邪恶的叛徒不可信！”

“肃静！”乌瑟尔的声音仿若一声响雷，震穿了整个大厅。巴瑟拉斯此刻在他灼热难挡的目光下战栗起来。“你会学会控制自己舌头的，低阶圣骑士。我认识这个人好多年了。我们不止一次救过对方的性命，攻破敌阵的次数多得数都数不清。不管他做过什么，都轮不到像你这样乳臭未干的毛头小子指指点点。”

巴瑟拉斯面如白纸，仿佛快要昏厥过去。

“你已经呈上证词，法庭会予以考虑。现在请你退下。”乌瑟尔的一番话让巴瑟拉斯困窘难当，只得匆忙逃回到原先的座位上。

提里奥看见陪审员们再次交头接耳起来。

四位大人商量完毕后，示意庭审可以继续进行。

乌瑟尔转身看向提里奥。他的凝视似乎能穿透提里奥的心脏，到昔日战友的心中探寻他如此反常的理由。

“圣骑士领主弗丁，你是否还有自辩的话要说？”乌瑟尔淡淡地问道。

提里奥站起身，庄重地回答：“诸位大人，我知道这样的说法听起来荒谬至极，但那兽人确实救了我的命。作为回报，我以圣骑士的身份承诺会保护他。那兽人名叫伊崔格，他是我所见过的最可敬的对手。”

旁观者中间爆发出一阵嘲弄与惊讶的感叹声。提里奥却毫不退缩。“请你们一定要理解我说的话——如果我必须背叛圣骑士的荣耀，才能继续追随我的组织，那我宁可不那么做。也就是说，我愿意接受你们认为适当的任何惩罚。”

乌瑟尔大步朝四位陪审员走去，单膝跪在他们身旁，与他们略作争辩，还挥起手指像是在强调什么观点。片刻之后，陪审员们似乎做出了让步，占了上风的乌瑟尔这才走回到审判台前。

“圣骑士领主弗丁，”乌瑟尔开口说道，“本庭清楚知晓你多年来为守卫洛丹伦和同盟王国做出的巨大贡献，在场的每一个人都见证过你的勇气与胆魄。然而即便是为了所谓的荣誉，跟人类不共戴天的死敌串通也是罪恶滔天。为了赦免那个兽人，你不惜为一己之念去冒可怕的风险，置壁炉谷的安危于不顾。顾念到你的功劳，如果你愿意摒弃对那畜生立下的誓言，重申对联盟的承诺，本庭可以恕你无罪。”

提里奥清了清嗓子。只要他照做，就可以轻而易举地回到家中去和妻儿团聚。他回头看见雅顿正在双手交缠，殷切地等他回答。

“求你了，大人。按他们说的，了结这件事吧。”雅顿紧张地小声说。

提里奥看见达索汉向前一步，像是在催促他赶快忘掉那个兽人，洗刷污名。

“让我们把这荒谬的事情丢开吧，提里奥。”达索汉低声提醒他。

“圣骑士领主弗丁，你考虑好了吗？”乌瑟尔察觉到了提里奥的迟疑。

提里奥让自己镇定下来，无惧地面对着在场的众人。“那么你们会如何处置那个兽人呢，大人？”这个问题让乌瑟尔吃了一惊，但他还是要回答。

“像对待人类的其他敌人那样，处以绞刑。无论你跟那畜生私下里有何交情，他都是个凶残嗜杀的野兽，绝对留不得。”

提里奥低下头想了想，在他的脑海里浮现出泰兰那张稚嫩的小脸。他是如此迫切地想要回家去……

他抬起头，看见达索汉向他投来一个满意的微笑。大指挥官似乎确认提里奥会做出正确的决定。

然而，何去何从在提里奥眼中再清晰不过——他所做出的决定，绝不会背叛荣耀。

“我会继续效忠联盟，至死方休。关于这一点，诸位丝毫不用怀疑。”提里奥自信地说，“可我不会摒弃自己立下的誓言。倘若言而无信，就等于是背叛了我——乃至我们所有人——作为高尚之士所珍视的一切。”

这一次，整个大厅里都被愤怒与震惊声淹没了。谁都无法相信提里奥居然会做出如此厚颜无耻的决定。就连高贵的陪审员们都被惊得张口无言。

身心俱疲的圣骑士仿佛听见雅顿在他身后泣不成声，心里越发难过。达索汉瘫坐在座椅上，灰心地摇着头。巴瑟拉斯简直要兴奋得从椅子上跳起来了。在场的许多战士开始对提里奥大声谩骂，高喊着他是叛徒。有些人还冲上前来啐他，他则一动不动地站在原地。

乌瑟尔疲惫地揉了揉眼睛，再次示意众人肃静下来。他不忍心做出最后的判决，可提里奥已经清楚表明了自己的立场。

“既然如此，”乌瑟尔阴郁地说，“提里奥·弗丁，从即日起，你不再是白银之手骑士团的一员。你不配再沐浴在圣光之下。我在此将你从我们的组织中除名。”

乌瑟尔的话让人群倒吸一口凉气。除名是一种罕见的严苛惩罚，会剥夺圣骑士的圣光之力。虽然这样的惩罚曾经只被用在寥寥几人身上，但每个圣骑士都对此有着彻骨的恐惧。

提里奥不确定接下来到底会发生什么，还没等他开口，乌瑟尔便把手一挥。提里奥立即感觉一道黑影从眼前掠过，带走了他体内神圣的力量。随着圣光的恩惠与能量渐渐离开他的身体，恐惧感仿佛要将他吞噬。那股被祝福的能量早已是他身体不可分割的一部分，这时却像潮水似地消失无踪，如同从未来过一般。

大厅里依旧灯火通明，提里奥却觉得如堕黑暗与湮灭的深渊。汹涌而来的绝望和无助令他难以承受，提里奥万念俱灰地低下了头。

乌瑟尔继续说道："你将卸下骑士团的所有衣装。"说罢，两名圣骑士走上前，毫不留情地将提里奥身上的银色盔甲扒了下来，"你的头衔与权力也不再归你所有。"

提里奥与绝望对抗着。他一生中从未感到过这般赤裸和无助。泰兰和卡兰德拉的面容相继浮现在他痛苦的脑海里。

他必须要控制住自己，他必须要顾及他的尊严。于是他支撑起颤抖的双腿站起身，再次面向法庭。

"你将被逐出这些王国的领地，到荒野中度过余生。愿圣光垂怜你的灵魂。"乌瑟尔说完了。

提里奥眼前一黑，只觉得天旋地转，惶恐难抑，甚至连乌瑟尔接下来说的话都听不清了："尽管我个人并不赞成这种做法，但本庭决定将由圣骑士巴瑟拉斯暂代壁炉谷的摄政长官，即刻生效。巴瑟拉斯将留在这里监督执行明晨的绞刑，再回去履行职责。被流放者提里奥·弗丁将被护送回玛登霍尔德城堡和家人会合，然后被送往联盟的领地边境。审判到此结束。"

乌瑟尔用裹着手铠的拳头重重锤在审判台上。他失望地看着提里奥，显然对这结果很不满意。

"大人，请容我再问一句。"提里奥简直无力开口。乌瑟尔停下脚步——向昔日的战友表达最后的尊重与友善。"我的妻儿……他们也会被流放吗？"提里奥战栗地问。

乌瑟尔难过地低下头。他面前的这个人是个好人。这不该是英雄该有的下场。

"不，提里奥。如果愿意，他们可以继续留在洛丹伦。这是你一个人犯下的罪，与他们无关。他们不该因你的骄傲受到惩罚。"乌瑟尔说完转过身去，大步离开。

迷失在绝望与哀痛之中的提里奥无知无觉地任由卫兵们把他拖出了大厅。

第六章　落魄返家

当疲倦的使者回到玛登霍尔德城堡时，天色已近傍晚。从午后便开始下雨，长途劳顿的马匹也是深一脚浅一脚地走在泥泞的路面上。

雅顿率领着那一队沮丧的圣骑士和步兵走在前面，忧心忡忡地回头看了看提里奥。提里奥颓废地瘫坐在马鞍上，对身边的一切视若无睹。他宽大的肩膀软塌塌地垂着，难过地低垂着头。雨水沿着他憔悴面容上的沟壑往下淌。

雅顿望着从前的领主大人沦落到如此境地，感到心如刀割。他强迫自己回过头去，看向堡垒的方向——提里奥的顾问们早已等在大门前，迎接领主的归来。

提里奥此时愁肠百结。他被剥夺了圣光之力。三十年来，他从未想过这股神圣的力量有一天会离开他的身体。他觉得内心空洞无边，说不出的痛苦与绝望，连抬头望一望从前家园的力气都没有。

雅顿缓缓骑到门前，翻身下马。顾问们一见到提里奥那恍惚麻木的神情，都忙不迭地问队长究竟发生了什么事。

雅顿苦着脸，简单扼要地对他们说了四个字："事态有变。"把顾问们说得一头雾水。

"这是什么意思啊，队长？你们这些天去了哪儿？我们的大人怎么了？"其中一人急切地问。

雅顿既羞愧又悲伤地低下了头。"我们的领主提里奥对联盟犯下了背叛罪。"他心情沉重地说，"最高法庭做出了判决，将他逐出我们的领地。"

顾问们听闻此言，全都惊呆了。

"你肯定是搞错了！这不可能！"其中一位顾问颤抖着说。他看着雅顿的眼睛，却只看见了肯定的眼神。

"不可能。"顾问茫然地重复着。雅顿坚定地点了点头，把提里奥扶下马。

"那我们的新领主是谁呢，雅顿？谁来统领壁炉谷？"另一位顾问追问道。

雅顿摇了摇头，嗤笑着回答："暂时将由巴瑟拉斯出任你们的新领主。"这听起来真像是个糟糕透顶的玩笑啊，他对自己说。他用手臂环抱住提里奥，扶着他往里走。

"卫兵今夜务要高度警惕。提里奥将被软禁在家。等天一亮，我就会率领一队步兵护送他前往边境。在那之前，谁也别来打扰我们。听明白了吗？”卫兵队长声音嘶哑地下达了命令。

震惊的顾问们只顾点头。雅顿把提里奥从雨里扶进家门，带他走进自己的私人房间，但愿他在天亮之前不用面对卡兰德拉。

他不禁再次叩问自己，当初应该怎样做，才能避免这一切的发生。

* * *

雅顿让提里奥靠在墙边，打开了房门。

“多谢你帮忙，雅顿。这真是……太难了。我只想让你知道，你从来都是我的好朋友，发生这些事，我很抱歉。”昔日的圣骑士说道。

雅顿点点头，慢慢转过身去。“要是你有什么需要，尽管跟我说。”队长说完便离开了。

提里奥看着他渐渐消失的背影，强打精神关上房门，瘫坐在椅子上。情绪汹涌而来，他用双手捂住脸，身体止不住地颤抖，空虚感啃噬着他的五脏六腑，像是要把他残存的灵魂一并吞噬。他无法面对妻子，告诉她自己的所作所为。说来可笑，这些年来他从不肯对妻子撒谎，此刻却没法开口对她道出实情。

隔壁泰兰卧室的房门开了，卡兰德拉静静地走了出来，将门在身后关上。她看见坐在黑暗中的提里奥，有些吃惊。

“提里奥，出什么事了？”她急切地一边问道，一边点亮了旁边一盏装饰用的灯。柔和的光芒在屋内弥散开来，她跪在丈夫身边，灯影在墙壁上跃动。

“你去了哪里？我真是担心极了。”

“我陪达索汉大人去了趟斯坦索姆。”他仍旧垂着头，含糊地回答。

“提里奥，你近来老是不声不响地消失。要不是因为我足够了解你，我甚至怀疑你找别的女人寻欢作乐去了呢。”她打趣道。提里奥抬起头看着她。在他那死一般的眼神里，她看出刚才的话一点都没能逗他开心。

“提里奥，亲爱的，到底是怎么了？你出什么事了吗？”她焦急地问。

提里奥看了看泰兰的房间。

“儿子睡着了吗？”他问得很平静。

卡兰德拉皱起眉，给了他肯定的答案。

“我也不知道该怎么跟你说。”他幽幽地开口，“可我被定罪为叛徒，同时被剥夺了头衔。”

她震惊地睁大了双眼，意识到丈夫不是在开玩笑。定睛一看，她发现丈夫显得格外垂头丧气。自打两人相识以来，他从来没有这么狼狈过。这让她害怕极了。

她摇着头，无法接受这残酷的现实。

“怎么会这样呢，提里奥？你犯了什么错？”她哽咽着问。

他闭上双眼，凝神屏气，试图平复胸中的怒意。“你还记得我对你隐瞒的那个秘密吗？”他问。妻子点着头，眉毛紧张地扭在一处。“是那个与我交手的兽人救了我的命，卡兰德拉。如果不是他，我早已被倒塌的塔楼压得粉身碎骨。为了报答他的救命之恩，我以荣誉起誓，不让别人知晓他的存在。”

卡兰德拉捂住脸，痛苦地摇着头，不想再听他说下去。

但提里奥继续说道：“我奉命去追捕那个兽人。可当我快要抓住他的时候，我的良知占了上风。为了捍卫荣誉，我跟他们战斗，要求释放他，结果当场被捕，被带到斯坦索姆接受审判。”

夫妻俩默不作声地在那里坐了很久。

终于，卡兰德拉抽了抽鼻子，擦掉泪水。“我真无法想象你到底在想什么。”她呼吸急促地斥责道，“兽人是野兽啊，提里奥！他懂什么荣誉？！你把我们所有人的人生都赌在了你那愚蠢的念头上！”她啐了一口，小心地压低声音。她不想吵醒泰兰，让他看见爸爸的这副模样。

提里奥只是低着头，一语不发地坐在那儿。看见他如此颓废，卡兰德拉没来由地更加焦虑起来。

“那我们现在怎么办，提里奥？在你舍生取义时有没有考虑过我们？”她的声音里充满了失望。

他站起身，走到窗旁。堡垒四周的田野早已笼罩在浓浓的夜色之中。雨势依然滂沱，仿佛自然之力正在荡涤这个世界的丑恶。

“我被流放了，卡兰德拉。天一亮就会被送往边境。”他沉重地回答。妻子难以置信地眨着眼。

“流放？”她小声问，“圣光诅咒你，提里奥！我早就提醒过你，我们全都会被你那宝贵的荣耀害死！”

他转过身来。“倘若没有荣耀，女人，我们拥有的一切都毫无意义！”他挥臂指着奢华的家什。

她不屑一顾地摆了摆手。

“你的荣耀能让我们填饱肚子？能让我们的儿子穿上体面的衣服？事情都已经到了这步田地，你怎么还能如此执迷不悟？我嫁的那个有担当的男人去哪儿了？”

提里奥咬紧牙关，看着妻子。“我从来都是这样的人，卡兰德拉！别说得像是多意外似的！既然嫁给圣骑士，你就应该知道某些牺牲在所难免！”

“我已经牺牲得够多了，而且牺牲得心甘情愿！每次你外出打仗，我都会管住自己的舌头。我就孤零零地一个人坐在这儿，一坐就是无数个小时——等着听到你活着还是死了的消息。你知不知道那对我来说是什么感觉？你总是丢下我们，去履行那些军政职责，我从来都没有抱怨过一句。我知道你是做大事的人，我知道人们都指望着你。可是该死的，我也指望着你啊！我把这些话全都憋在心里，好让你能带着荣誉去‘尽职效命’。我当然清楚那些牺牲，提里奥。但这一次，代价也太过高昂了。”

“你说这些话是什么意思？”尽管他心里已经知道答案。她双目含火地看着他。

“我爱你，提里奥。请你相信这一点。但我不会跟你走……泰兰也不会。”卡兰德拉轻声说罢转过头去，不忍再看他的眼睛。“我不会让我们的儿子以流民的身份长大成人，一辈子都遭人耻笑。他不该有那样的人生，提里奥，我也一样。”

这一刻，提里奥觉得他的人生失去了全部意义。失去圣光让他如同毁灭，如果连妻儿也离他而去，他不知自己是否还能经受得住，只觉得天旋地转。

“我能理解你的感受，卡兰德拉。相信我，我真的理解。”他痛苦难言，“你确定想这么做吗？”

“你毁了我的人生。我绝不会跟你一起跌进深渊，让我们的人生也随你毁掉！”她的语气近乎疯狂，抱住双臂，试图平复崩溃的心神。“愿你那宝贵的荣誉能在夜晚带给你温暖。”

“卡兰德拉，等等。”提里奥在她身后喊道，她快步走进睡房，关紧房门。提里奥听见门锁的声响和门后传来的微弱的啜泣声。

既然无法安慰她，提里奥只得把头靠在冰凉的窗玻璃上，茫然地看着溅落的雨滴。他太了解她了，知道她绝对不会改变心意。

如今他几乎失去了视若珍宝的一切，唯一剩下的就只有荣誉。可他甚至连荣誉是否尚在都不确定。

恍惚间，提里奥走进书房，坐在那张宽大光亮的橡木书桌前。他点起几支蜡烛，铺开一张羊皮纸，备好墨水和一杆新的羽毛笔。

他其实并不知道自己要说些什么，就这么随手写来。他的手不住地发抖，在纸上蹭出了斑斑墨迹。他把整颗心都倒在了那张羊皮纸上，倾吐着所有感受，解释他所做的一切。他就这么坐在桌前，秉笔疾书，直到更深夜静。

* * *

当提里奥走进泰兰昏暗的卧室时，距离天亮只剩下一个小时了。卡兰德拉在几个小时前哭着沉沉睡去，这时不会有人来打扰他。

他走到床边，望着儿子熟睡的小脸。男孩裹着在毛毯里缩成一团，呼吸均匀。提里奥静静地看着他，感动于孩童的天真无邪。没错，儿子的确该拥有更好的人生，不该随他流放，理应尽情享受人生的美好才对。

提里奥伸出颤抖的手，从外套口袋里掏出彻夜写成的羊皮纸卷，塞在儿子的枕头底下，眼里噙满泪水。也许有一天，儿子能够理解我的做法，也许当他回头细想时，会以我为荣。提里奥抚摸儿子的头，轻吻他的脸颊。

“再见了，儿子。”他忍住眼泪，“要好好的。”

说完他关上房门，静静离开。

* * *

晨光照亮了壁炉谷静谧的田野，压境的暴风云已经散尽，晴空碧蓝如洗。再过几个小时，老兽人伊崔格就会在斯坦索姆被绞死。提里奥决心不让这样的事情发生。无论如何，都不能让伊崔格死。

他没费多大力气就绕过了堡垒松懈的守卫，走进马厩，悄悄地给米拉多尔装好马鞍，为前往斯坦索姆的旅途准备些许补给品。

他踩上马镫，翻身上马。

“这可是我第二次逮住你了，提里奥。”雅顿挡在门口。提里奥愣住了。

环顾左右，他发现只有卫兵队长自己。事实上，四下里连一个护送他上路的人也没看见。

“我就知道你会这么做。”队长说。

提里奥握紧缰绳，清了清嗓子。“你是来阻止我的吗，雅顿？”他紧张地问。

卫兵队长走上前，绑紧米拉多尔鞍囊的束带。“就算我想阻止，恐怕也做不到。”雅顿诚恳地说，“我一夜没睡，一直在想你在接受审判时说的那番话。我想我可能明白你的感受。你只是在做自己认为对的事。为此，我无法谴责你。”

提里奥点点头，俯身把手搭在雅顿的肩膀上。

“我需要你帮我个忙，老友。这是我要你做过的最重要的事。”他急切地说。

雅顿严肃地抬头看着他：“只要在我的能力范围之内，我都会帮你。”

“替我照顾他们，雅顿。保护我儿子周全。”提里奥说。

雅顿握住老友的手说：“我会的。”他唯一能说的就只有这三个字。

提里奥放下心来，朝雅顿点点头，望向远处的树林，策马疾驰而去。斯坦索姆距离这里只有几小时的脚程。如果他能骑得快如电掣，一定能在行刑前赶到。他不顾一切地沿路狂奔，忠实的米拉多尔蹄下生风，以从未有过的力量与速度向前飞驰。

第七章　战鼓喧天

提里奥很快就抵达了斯坦索姆。

当他来到城市外围时，太阳才刚刚攀上远处的奥特兰克山峰。他将米拉多尔拴在树林里，最后一段路程跑步前进，一边跑一边酝酿着拯救老伊崔格的计划。令他沮丧的是，想了半天还是一筹莫展。

他希望在他动手之前能想出个好办法，不用杀死或是打伤自己的族人。但族人既已将他定罪为叛徒，在杀他时绝不会手软。

他心里清楚，要想救出那兽人，并能活着逃离斯坦索姆，真是希望渺茫。

提里奥并没有被这个念头吓住，沿着斯坦索姆寂静的鹅卵石街道悄悄往里走。

几个商人和小贩正在整理货品，准备白天拿到集市上叫卖，除此之外街上几乎没有行人。他设法避开了沿街巡逻的三两个卫兵，由于担心会被他们认出来，只好躲藏在阴影里偷偷前进。

就在提里奥快要接近公共广场时，他听见有人在那里嬉笑喧哗。但愿他没有来迟。他走进广场，看见一大群人围聚在正中央。他继续走在阴影里，爬上一小段楼梯，躲进墙边一处隐蔽的角落，从这里刚好能看见新竖起来的绞刑架。围在绞刑架周围的人群大都是守卫和步兵，全是来旁观老兽人受死的场面。

谢天谢地，囚犯还没被带出来。那些人只是在那里互相吆喝，兴奋地开着玩笑。

广场四周站着一些骑士，身穿精致的盔甲，个个静默无声，高度警惕，以防躁动的人群发生暴动。提里奥发现里面有不少在审判厅里见到的熟面孔。虽然他们看似镇静，心里全都跟中央那些看热闹的守卫和步兵一样，盼望能亲眼看到兽人被绞死。

片刻之后，又有一个人朝绞刑架走了过来，人群一阵骚乱。提里奥看见来者是巴瑟拉斯。

年轻的圣骑士挥了挥手，狂热地朝人群大喊，引得他们的情绪越发高亢，为他眼中的晨间娱乐节目烘托气氛。

提里奥庆幸自己听不清巴瑟拉斯说的话，想必无非是一些恶毒和仇恨的言辞。他想到心爱的壁炉谷如今落在了巴瑟拉斯这个狂妄之徒的手里，突然感到一阵懊悔。

* * *

提里奥看着第二个人影从人群中走向绞刑架，是达索汉大人。他似乎对这场喧嚣的狂欢不以为意，走到巴瑟拉斯身旁，用冷厉的目光环视广场。他对人群说了些什么，嬉笑声渐渐减弱。

提里奥屏住呼吸。他知道他们很快就要把伊崔格带出来了。

提里奥在墙角里紧张地等待着，时间流逝得格外缓慢。在围观者中间也弥漫着紧张的气氛。与实现真正的正义相比，他们更渴望看到的是折断敌人脖子的场面。

随着喧哗声再起，越来越多的人向广场中央聚拢，就连妇女和孩子都纷纷靠上前，希望能看上一眼那个可怕的兽人怪物。

最后，牢房的门终于打开，一支阵型齐整的步兵小队从里面大步走出，围观者爆发出欢呼声，开始往他们身上投掷垃圾和石块。步兵们身穿盔甲，面对人群的狂热和无甚威力的子弹丝毫不为所动。闪亮的盔甲在晨光下熠熠生辉，可提里奥眼里只有他们拖在身后的那个缩成一团的身影。

是伊崔格。

他们在绞刑架旁边停下。两名步兵始终在拖着老兽人前进。兽人几乎站不起来，绿色的身体上遍布瘀青和伤口。

提里奥不知那虚弱的兽人究竟要如何才能走得动路，审讯官们在拷问时显然没少毒打他。

虽然遍体鳞伤，但伊崔格仍努力地仰着头。他不愿意让折磨他的人为他的颓丧而感到满足。提里奥知道伊崔格那骄傲的兽人之魂绝不允许他那么做。

提里奥的心怦怦乱跳。

面对这样一群意气风发的战士，他哪里有胜算把老兽人劫走。他还没制定出计划，甚至没有任何像样的武器。他看向下方，发现绞刑吏正在准备套索。

伊崔格眼看就要死了。

提里奥发了疯似地从高处跳了下来，挤过喧闹的人群。由于沉浸在狂热之中，竟没有人发现这个可耻的流亡者正从身旁经过，注意力全集中在绞刑架和前方那个被打得浑身是伤的绿皮兽人野兽身上。

达索汉大人朝巴瑟拉斯僵硬地敬了一礼，转身走回牢房大门。提里奥的审判刚结束不久，大指挥官显然没兴趣在这时观赏让他如此揪心的场面。巴瑟拉斯对他的离去也是一脸的漠不关心。他满脸笑容地命令绞刑吏用套索套住兽人的咽喉。

随着绳索在他强壮的脖子上套紧，伊崔格面露怒容。兽人深色的双目直视前方，仿佛正看向旁人看不见的另一个世界。

提里奥在人群中推推搡搡地靠近绞刑架。这时巴瑟拉斯挥了挥手，示意围观者肃静。没想到嘈杂的人群真的安静了下来。

“亲爱的洛丹伦守卫者们，”他自豪地说，“我很高兴看见你们一大清早齐聚在这里。站在你们眼前的这个可憎的怪物，是对圣光的亵渎，也是我们共同的敌人。正是他那遭天杀的同类给我们的海岸带来了战乱和痛苦，毫无愧疚地屠杀了我们万千同胞手足。因此，”巴瑟拉斯凝视着伊崔格的眼睛，继续说道，“我们也将毫无愧疚地结束这个卑鄙怪物的生命。”

伊崔格目光炽热地望着巴瑟拉斯。

“杀人必须偿命，血债唯有血还！”年轻的圣骑士说完了。

人群狂热地为巴瑟拉斯高声欢呼，尖叫着要啜饮兽人的鲜血。提里奥真没想到自己的族人竟会如此残暴邪恶，他感到一阵恶心。他们那令人窒息的仇恨让他几近崩溃。

巴瑟拉斯往后退了几步，看着绞刑吏把伊崔格挪到活板门上，准备行刑。

随着死神的逼近，老兽人脸上的坚忍开始瓦解。伊崔格颤抖起来，咆哮着想要挣脱束缚，然而这无谓的挣扎只引得围观者哈哈大笑。老兽人越是恐慌无助，他们似乎就越是兴奋。

遍寻武器而不得的提里奥这时看见绞刑架边上放着一把锈迹斑斑的长柄大锤。他推开前排的围观者，伸手去拿。

在提里奥抓起那把笨重工具的一瞬，时间仿佛凝固了，像放映慢动作似地——他看见绞刑吏把手放在活板门的控制杆上，巴瑟拉斯举起手臂，准备下令结束那兽人的生命。

提里奥双手握紧大锤的木柄，爆发出一股极强的力量，向前冲去。

* * *

围在四周的骑士和步兵看见提里奥突然从激愤的人群中冲出，愤怒地高喊起来。昔日的圣骑士手起锤落，又快又狠，打得那群惊慌的步兵纷纷退散。几名卫兵回过神，朝他扑来，提里奥抡起大锤划出一道巨大的弧线。

他无意伤及同胞们的性命，只在一名卫兵的胸铠上砸出一道深深的凹痕，还打破了另一名卫兵的盔檐。在给自己争取到宝贵的几秒钟后，提里奥跳上绞刑架，直奔巴瑟拉斯而去。

年轻的圣骑士看见提里奥朝自己冲过来，吓坏了，手忙脚乱地去摸身后的战锤。可提里奥的速度太快，甩开肩膀撞在巴瑟拉斯的肚子上，年轻的圣骑士斜着从绞刑架上飞了下去。

巴瑟拉斯重重落在地上，险些被暴怒的人群踩在脚下。

头戴兜帽的绞刑吏冲上前来想要制服提里奥，但他哪里是昔日圣骑士的对手。提里奥拽住绞刑吏的胳膊，将他往肩后一甩，直直丢到台阶下方。

提里奥听见骑士和步兵们在身后冲上台阶。他们一定会把他绞死，他疯狂地想。就连光明使者本人也不会原谅提里奥此刻的行径。

提里奥飞快地跑到伊崔格身边，解开兽人脖子上的套索。伊崔格虚弱得站立不稳，倒在提里奥的臂弯中。兽人甚至连他救星的脸都没认出来。

“人类？”伊崔格不解地喃喃道。提里奥对他微笑。

“没错，伊崔格，”提里奥说，“是我。”

伊崔格痛苦地浑身发着抖，他精疲力竭，但还是竭力把涣散的目光汇聚在提里奥身上。

“你一定是疯了。”老兽人说对他说。提里奥大笑着点点头，表示认同。

他转身恰好看见巴瑟拉斯正在顺着绞刑架的边缘往上爬。提里奥知道骑士和步兵们过不了几秒就会冲过来。

巴瑟拉斯挺直脊背，怒气冲冲地瞪着他。“叛徒！今天可是你自己来这儿找死的！”年轻的圣骑士尖叫道。

惊慌的人群也在愤怒地附和，开始朝提里奥和伊崔格扔垃圾。

提里奥用眼角的余光瞥见了达索汉的身影，看来他并未真正离去，悲伤与厌恶的表情交相浮现在大指挥官的脸上。

提里奥真希望能有办法让他曾经的老友明白他的做法，他所做的一切都是为了荣誉。

巴瑟拉斯喝令骑士们抓住提里奥和那兽人。就在他们靠近时，提里奥突然伸出手，命令他们停下。他毕生都在率领他们征战沙场，他那深沉的声音里仍带有命令的重量，许多原先听命于他的骑士仍旧惧怕他的威仪。提里奥无畏地面向他们。

“听我说！”提里奥高喊。声音在下方的人群和四周的建筑物之间回响不绝。不少旁观者都诡异地安静了下来。“这兽人从没伤害过你们！他年老体衰，他的死对你们来说毫无助益！”光荣的骑士们愣了愣，思考着提里奥的抗辩。

“可他是兽人！我们跟兽人难道不是死敌吗？”一位骑士高声质疑。提里奥稳住心神，紧紧扶住伊崔格。

“这话不假！可这兽人早已离开战场！”提里奥说，“绞死一个无力还手的俘虏有什么荣誉可言！”他看着几位骑士迟疑地点了点头。其余的旁观者仍未被这番话打动，他们继续奚落着提里奥，说他是跟兽人同流合污的叛徒。

“你不配提‘荣誉’二字，提里奥。”巴瑟拉斯愤怒地啐了一声，“你这不忠的浑蛋，应该跟那个残忍的野兽一块受死！”

提里奥神色一凛。巴瑟拉斯的话仿佛重重抽了他一耳光。

“我在很久之前立下过誓言，要保护无助的弱者。”提里奥从牙缝里挤出这些话，“我绝不会言而无信。知道吗小子，那才是圣骑士的真正意义——明辨对错，不会把报仇泄愤错当成匡扶正义。看来你永远也想不明白了是吗，巴瑟拉斯？”提里奥问。巴瑟拉斯愤怒得差点背过气去。

这时骤然响起洪亮而清晰的鼓点，压过嘈杂的声浪。伊崔格打了个激灵，缓缓抬起头，扫视着广场外围，像是盼望着能看见熟悉的场景，接着又把头低了下去。提里奥疑惑地看着兽人，确信他听过那古怪的节拍。几名围观者转身寻找鼓声的源头，但巴瑟拉斯却毫不在意。

年轻的圣骑士攥紧双拳，走向提里奥。“你这么快就忘了吗，提里奥？你已经不再是圣骑士了！你是骑士团的耻辱，你遭到了流放！不管你认为什么，相信什么，都没人在乎！”巴瑟拉斯怒吼。

“该死的！你快把眼睛睁开吧，巴瑟拉斯！”提里奥急切地说，“在我统治壁炉谷的这些年来，我只对一件事万分确认，那就是冤冤相报，才会战祸无穷！如果我们控制不住内心的仇恨，这场愚蠢的冲突就永远不会停止！我们的族人就永远没有未来！”

巴瑟拉斯对着提里奥轻蔑地哈哈大笑。

诡异的鼓点声越来越响亮，不仅如此，还不断有更为有力的新鼓声加入，在场的大多数旁观者都听得清清楚楚。

随着这令人不安的声音渐渐逼近，人群陷入惊恐。几名妇女和儿童用手捂住耳朵，惊惧交加地缩在一处。卫兵们连忙到广场边缘侦查这连续不断的鼓声是从哪里发出来的。

“我们族人的未来再也用不着你来操心。”巴瑟拉斯冷冷地回答，“如今我才是壁炉谷的统治者，提里奥。只要有我在一天，我就绝不会跟兽人和平共处！我以我父母的亡魂起誓，任何胆敢闯进洛丹伦的兽人都要为自己犯下的恶行偿命！”

提里奥被巴瑟拉斯的话语震惊了。跟这位年轻的圣骑士已经毫无道理可讲，他早就被愤怒和悲伤彻底冲昏了头脑。

伴随着巴瑟拉斯一声令下，广场四周的鼓点声也变得响如惊雷。

“杀死那个兽人！把他们俩全都杀死！”他愤怒地呐喊。刹那间，一柄粗糙而锋利的长矛插进了他的胸口。巴瑟拉斯当即血溅绞架，一群黑影从周围的屋顶窜到了广场上。

凶残的兽人们在毫无防范的斯坦索姆守卫者中间狂攻猛袭，空气中充斥着疯狂而高亢的战吼声。洪亮的战鼓声响彻广场，人群乱作一团。

* * *

提里奥呆呆地看着巴瑟拉斯软弱无力地倒在地上。他本能地伸出手去想扶那年轻的圣骑士一把，反被他啐了一口，挥手拒绝。

“是你给我们带来了这场灾祸。”年轻的圣骑士颤抖着，口吐鲜血，恨意如狂地看着提里奥。“我早就知道你会背叛……”还没说完，就在鲜血浸红的绞刑架边栽倒下去。粗糙的兽人长矛像帆船的桅杆，钉穿了他的脊背。

提里奥立即集中精神。他丢下大锤，扶着伊崔格站起来，让兽人沉重的身躯靠在自己肩上，带他走下绞刑架。

提里奥无法想象兽人军队是如何绕过了城市的外围防御圈。一般来说，兽人们总是习惯于迎头痛击目标，可当他望着眼前的战局，却发现这些鬼祟的兽人利用屋顶和四周狭窄的步行小道发动了奇袭。骑士和步兵们冲杀上去，公共广场瞬间变成人间地狱。

提里奥低着头，朝着来时经过的小巷原路返回。武器铿锵的碰撞声与愤怒痛苦的战斗呐喊声交相混杂，斯坦索姆陷入了疯狂的混乱。

提里奥努力屏蔽这些声响，专心于如何活着离开这个地方。可他仿佛置身于屠宰场，强大的兽人战士们有的挥舞着巨大的战斧朝敌人疯狂劈砍，有的投掷出邪恶的长矛，招无虚发。

几名兽人身上似乎穿着狼皮，冲上前来双手指天。还没等提里奥弄明白他们在做什么，一道道闪电从黑压压的天空劈落，人类的前排兵力纷纷倒地。乱作一团的战场上不断有焦黑的人类肢块和大块的石头横空飞过。

其余的人类战士都被这凶猛的元素攻势吓坏了，在兽人凌厉的怒火面前节节败退。

提里奥没想到这些兽人居然能步调一致地围歼散乱的人类防御者。在他的记忆中，兽人在战场上总是一盘散沙。然而纵使勇谋兼备，兽人在人数上却大大居于下风。提里奥不知他们用意何在，为什么会只带这么点兵力就来攻打一座防卫森严的人类城市。

斯坦索姆的所有士兵很快就都会赶来广场支援。在一支全副武装的驻军面前，寡不敌众的兽人绝对不是对手，他暗自想道。

尽管四下里一片混乱，提里奥还是走到了广场边缘，逃进了一条小巷。他再度支撑起伊崔格沉重的身躯，回头看了最后一眼。

他看见一个巨大的兽人，身穿一整套乌黑的铠甲，手举一把强力战锤，像极了圣骑士们使用的武器——只不过兽人手中的那把锤子仿佛被闪电点燃。一身黑的兽人从狂热的人类防御者中间踏出一条路来，仿佛他们不过是一群无害的孩童。任何靠上前来的敌人都会被他举重若轻地挥锤击倒，同时还在对身旁的战士们大声发号施令。

提里奥又惊又怕地看了好半晌。那位强大的兽人领袖跟他之前见过的任何对手都不一样。接着，他迫使自己集中精神，扶着伊崔格匆匆逃离这座被围攻的城市。

* * *

提里奥费尽力气，终于把伊崔格带出城，逃进了城外的林地。

回头望去，他仍能看见城市各处火光冲天，惨叫与兵刃相接的声响依稀可闻。狡诈的兽人是想扰乱和分散人类的兵力，将他们逐一击破。

不管那位兽人领袖到底是谁，都要比他从前听说过的任何酋长狡猾得多。

疲惫不堪的提里奥让伊崔格躺在落满树叶的林地上，自己蹲在他身边。他试图镇定心神，理清这局面到底是怎么回事。他怎么也想不通兽人为何会破天荒地前来突袭这座城市，不知他们是否也是来救伊崔格的。无论怎样，他都庆幸他们及时赶到了。

目睹众多同胞惨死在兽人手下，提里奥由衷地感到难过，可至少他兑现了诺言——伊崔格还活着，而且，纵使多么聊胜于无，提里奥也总算保全了他那宝贵的荣誉。

伊崔格静静地躺在柔软的林地上。提里奥弯腰查看兽人的脉搏，希望兽人只是体力不支昏了过去，结果却惊得合不拢嘴——伊崔格的心脏已经停止了跳动。人类对兽人的拳打脚踢显然给他造成了致命内伤。如果他不快些采取急救措施的话，伊崔格必死无疑。

他本能地把双手放在伊崔格的胸口，祈祷圣光的治疗之力能助他救回兽人的性命。

他一定仍有力量治疗这些可怕的伤势吧？

恐惧感在提里奥心中渐渐蔓延，什么都没有发生。

他沮丧地垂下头，想起他已被逐出了神圣的骑士团。但绝对不能让他就这么死了，他痛苦地想。他几乎能感觉到伊崔格的生命力正在消散。

“不！”提里奥绝望地嘶吼，“你不能死，伊崔格！听见没有！你不能在我面前死去！”他对毫无生气的兽人大声呐喊着，再一次把双手放于兽人的胸口上，集中全部意志。

“圣光之辉在上，愿你的同胞都能得到治愈。”他反复在脑海中诵念着这句话，奋力探寻着残存于灵魂深处的力量，“圣光之辉将使他获得新生。”

圣光绝不会被剥离他的身体，他固执地认为。那些人可以剥夺他的盔甲与头衔，可以拿走他的家园和财富——但圣光却将永远与他同在。一定是这样！

渐渐地，提里奥感觉到体内涌起一股灼人的热力，力量与光明充溢着他的内心，继而流向四肢。当熟悉的能量冲出指尖，笼罩住那兽人的身体时，他高兴得几乎要喊出声来。提里奥感觉到他仿佛飘浮在空中。圣光纯净的力量在全身流淌，像一团神圣之火，从他的身体里喷薄而出。这股骤然转醒的力量让提里奥又惊又愧，他惊讶地看着兽人身上的伤口在他眼前愈合，就连兽人腿上感染的旧伤都不复存在。

随着治疗之力渐渐退去，提里奥筋疲力尽地跌倒在地。他躺在地上大口喘着气，努力对抗昏天暗地的晕眩感。

这时伊崔格突然哼出一口气，疯狂地左右张望。老兽人满脸苍白，虚弱极了，一双锐目却充满警惕。伊崔格一跃而起，摆出防御的蹲姿，对着空气嗅了嗅。他环视丛林，确认没有任何危险的迹象，一低头才终于看见提里奥躺在他身边。

他狐疑地向后挪了挪，吃惊地瞪着面前这个气力耗尽的人类。

“人类？”伊崔格问，“发生了什么事？我们怎么到这来的？”提里奥跪了起来，安慰地拍了拍伊崔格的肩膀。

“我们已经出城了，伊崔格。”提里奥淡淡地说，“你暂时安全了。如果我们俩足够走运的话，短期内应该不会再被处以绞刑。”伊崔格咕哝着，不敢置信地看着提里奥。他看着自己那双巨大的绿色手掌，用手指摩挲着原先受伤的位置。

“是你用力量治好了我的伤口吗，人类？”

提里奥点点头说：“是的。你曾经告诉过我，疼痛是位伟大的老师。看来他刚刚又给你上了一课，那可真不好学。”提里奥打趣道。

伊崔格笑着拍了拍提里奥的后背。“也许我学习得够多了。”兽人自嘲地说。

老兽人咳嗽了几声，坐回地上。过去几天的折腾对他这把老骨头来说有些太难应付，没过多久他便昏睡过去。虽然身上的伤已经痊愈，但提里奥凭经验判断，这兽人还要虚弱好一阵子。

这时茂密的丛林里突然响起沙沙声，让他吃了一惊。他慌乱地四处张望，准备迎接危险。树影令人不安地朝四面八方缓缓移动着，巨大的黑影渐渐显出外形，靠拢过来，围住了沉睡的兽人和惊慌的人类。

总共十二个肌肉结实的绿皮怪物，只在要害部位遮挡着松散的盔甲护板和破烂皮革。这些强大的兽人战士身上插着羽毛，颈间挂着各式各样的氏族坠饰和兽骨项链，犹如一只只优雅的灵猫，从幽暗的密林里钻出。在他们健硕的手臂和长着獠牙的脸上文着参差不齐的原始刺青，让那本就凶猛的外表更显骇人。兽人们驾轻就熟地挥舞着宽刃战斧和重剑，仿佛这些武器本就是他们身体的延伸。

提里奥被这些兽人悍勇的气势震慑住了。他们那有别于从前的警惕眼神，更是让他深感不安——兽人的眼睛里不再只是燃烧着邪恶与仇恨，而是闪烁着冷静与警觉，是出乎他意料的睿智与机敏。

提里奥屏住呼吸，不敢轻举妄动。

看来兽人们也许认为是他袭击了提里奥，那些兽人也一动不动地站在原地，凝视着地上的两个人，似乎是在等待命令。

恐惧啮咬着提里奥的神经。在历经千辛万苦之后，要是死在这群怪物手里，真是荒谬至极。然而无论他再怎么拼杀，也绝对不是这群凶猛战士的对手。

突然，从兽人战士们身后出现了一个更加魁梧的身影。几名兽人无声地退到一旁，给首领让出路来。

提里奥愣住了，原来是他在战斗中见过的那位兽人酋长。

仔细观察，提里奥才发现这庞大兽人身上的黑色铠甲边缘刻满了青铜色的神秘铭文。提里奥从未见过兽人全副武装的样子，此刻感到既震惊又胆寒。兽人手中那把强力石锤仿佛和这个世界同样古老。那怪物头上的黑色毛发被编成了长长的发辫，垂在身体两侧，一张绿脸倒不像其他兽人看起来那么凶残，凌厉而睿智的双眼蓝得震慑人心。

提里奥知道这不是个普通的兽人。

强大的怪物走上前来，单膝跪在伊崔格身边。提里奥身体一僵，他记得伊崔格已经放弃了兽人战士的身份。也许这些兽人是来惩罚他的？

提里奥强压下心头的恐惧，靠上前来。若有必要，他打算拼死保护伊崔格。

那个大块头兽人扭过头来犀利地瞪了提里奥一眼——警告人类待在远处，不要碍事。酋长在卫兵的包围下，提里奥根本无从靠近，唯有遵从兽人无声的命令。

那神秘的兽人这才把大手放在伊崔格的头上，全神贯注地闭上双眼。伊崔格忽然张大眼睛，注视着面前这个黑衣兽人。对方脸上的表情稍稍放松下来。

“你是黑石氏族的伊崔格，对吧？”兽人用人类的语言问道。提里奥惊讶地挑了挑眉。

莫非所有兽人的口齿都这么清晰？

伊崔格颤抖着看了看其他兽人，疲惫地点了点头。“是我。”他用低沉的声音回答。

大块头兽人点点头，挺直脊背。“果然。我找了你好久啊，老者。”他淡淡地说。

伊崔格坐起身，专注地看着他。“我觉得你很面熟，战士。看你这么年轻，不会是……”伊崔格盯着兽人那张棱角分明的脸看了看，“你是谁？”

兽人略一颔首，巍然站起。

在首领开口说话时，周围的手下全都绷直身体，扬起下巴。“人们都叫我萨尔，老者。我是部落的酋长。”他自豪地说。

伊崔格的下巴快要掉到地上了，提里奥也听得目瞪口呆。眼前这位显然就是达索汉说起的那位新晋的酋长。

“我听说过你。”提里奥语带轻蔑地说。他看见周围的兽人卫兵都愤怒地抄起武器，想冲上来教训这个冒犯首领的大胆狂徒。

萨尔转过身，惊讶地看着这位昔日的圣骑士。“你听说过我什么呢，人类？”

提里奥回望着兽人凶狠的眼神。“我听说你打算重建部落，再度向我的人民宣战。”他冷冷地说。

“你说对了一半。”萨尔饶有兴味地回答，“我的确是在重建部落，我的族人很快就会摆脱锁链的桎梏，但我却没兴趣为了对抗而挑起战争。黑暗的日子已经过去了。”

“过去了？”提里奥怀疑地问，“我刚刚才看见你带着你那些战士在斯坦索姆大开杀戒。”

萨尔平静地迎上人类指责的目光。“你想得太多了，人类。我们攻击那座城市，只是为了抢回我们的族人而已。时代变了，你们的王国和人民对我来说毫无意义。我只想完成父亲未竟的事业，为我的族人建立新的家园。”萨尔淡淡地回答。

伊崔格突然回过神来。“你父亲的事业？”他激动地问道，“我就说你看起来很面熟，战士！你是杜隆坦的儿子！”

萨尔只是把头一点，锐利的目光仍停留在提里奥身上。伊崔格则在他身边欣喜若狂。

“过去那么多年了，真的是你？”伊崔格惊讶地问。他同时看向站在一旁的其他兽人，期待能得到肯定的答案，但他们骄傲的脸孔如顽石般冰冷。

萨尔转身背朝提里奥，单膝跪在伊崔格身边。“我是来带你回家的，老者。”他温暖地说，“很抱歉这么久才找到你，可我们这段时间忙得不可开交。我已经帮几个氏族获得了自由，但我需要像你这样睿智的长者来向他们传授旧日之道。你的人民需要你，勇敢的伊崔格。”

老兽人难以置信地摇着头。他凝视着萨尔那双锐利的蓝眼睛，在眼眸深处找到了希望。在孤苦伶仃地苦熬过这么多年后，他的心中再次充满骄傲。伊崔格渐渐相信，他的族人或许有希望了。

“我愿意追随你，杜隆坦之子。”伊崔格骄傲地说，“我会竭尽全力治愈我们族人的创伤。”

萨尔再次点了点头，将手放在老兽人的肩膀上。

提里奥看了看周围的卫兵，谨慎地站起身来，面朝萨尔。“伊崔格跟我讲过你父亲的事——还有他的命运。他一定是位伟大的英雄，才能激励自己的儿子做出如此奉献。”

萨尔面无表情地答道：“子承父业是我族人历来的传统。”

提里奥难过地点点头，他不知泰兰是否也会这么想。也许不会吧，有个名誉扫地的流放者当父亲，哪里是什么值得骄傲的事？我的所作所为，也许只会令泰兰厌恶。

萨尔朝伊崔格打了个手势，用含糊不清的兽人语发出几声号令。提里奥看见周围的卫兵们走上前，不知道接下来会发生什么。兽人们会杀死他吗？还是会放他走？

几个战士走到伊崔格身旁跪下，将伊崔格的手臂搭在自己肩上。

提里奥问询地看着萨尔。

年轻的酋长会心一笑，“你舍命救出了我们的兄弟，人类。我们没理由跟你过不去。你可以走了，只要别跟着我们就行。”

提里奥松了口气，看着兽人战士们轻轻把伊崔格搀扶起来。

萨尔朝提里奥敬了个兽人的军礼，然后头也不回地转身离去。

看着兽人们陆续消失在茂密的林地深处，提里奥茫然地晃了晃脑袋。这时一只强有力的大手拽住了他的胳膊——是伊崔格，老兽人那张沟壑纵横的脸上带着平静与满足。

“我们都无愧于鲜血与荣耀，兄弟。我不会忘记你。”伊崔格说。

提里奥微笑着将手放于胸前，目送兽人们扶着伊崔格走远。

斯坦索姆的城墙里依然回响着战斗的喧嚣声，他决定在人类军队赶来前离开这里。

提里奥·弗丁对圣光发出一声静默的祈祷，转身走向与斯坦索姆相反的方向，到洛丹伦充满危险的未知荒野里去寻找慰藉。

第八章　完美轮回

阳光透过大教堂穹顶的天窗铺洒下来。二十岁的泰兰·弗丁站在雕饰华丽的高台前，沐浴在温暖辉煌的圣光下。宽阔的肩膀上穿着巨大的银色肩铠，肩铠之下披着精工细绣的深蓝色圣巾，两端搭在胸前。他双手握着一柄银光灿灿的强力战锤，这柄战锤据说曾属于他的父亲。

泰兰如今已经成长为一个健壮帅气的年轻人。在圣光的笼罩下，越发显得卓越夺目。

一位年长的大主教站在泰兰面前，手里捧着用皮革装订而成的厚重书册。老者眼中跃动着喜悦的光芒，对泰兰说道："泰兰·弗丁，你是否愿意立下誓言，捍卫荣耀和白银之手骑士团的法典？"

"我愿意。"泰兰诚挚地回答。

"你是否愿意立下誓言，行走于圣光的光辉之下，并向他人传扬圣光的智慧？”

“我愿意。”泰兰颤抖着说。他拼命对抗着千万种汹涌而来的情绪，让自己镇定下来。这是他打从记事起就苦苦期盼的时刻。他飞快地朝四周看了一眼，母亲正骄傲地站在一旁。

尽管多年来艰难与孤寂的生活，让她柔软的金色长发染上了银白色的霜华，但卡兰德拉的美貌与风姿依旧不减当年。她惊叹地看着泰兰晋升为圣骑士，多希望提里奥能亲眼看着儿子追随他昔日的脚步。

“你是否愿意立下誓言，对邪恶赶尽杀绝，不惜牺牲自己来保全弱者与无辜之人？”大主教用仪式的语调问道。

泰兰咽了口唾沫，点着头答道：“以荣誉起誓，我愿意。”

接着，大主教继续对出席的众人致辞，但心潮激荡的泰兰却连一个字都听不见。他对周遭的仪式浑然无觉，把手伸进仪式长袍的口袋里，掏出那张平日里随身携带的破烂羊皮纸卷。

那是父亲在被流放出王国之前写给他的。这些年来，泰兰无数次把它拿出来读了又读，逐字逐句都已铭刻于心，就连鹅毛笔尖一提一顿的位置都记得清清楚楚。此时，他又在脑海里回想起那封信的内容来。

亲爱的泰兰，

当你看到这封信时，我已经离开很久了。抛下你和你的母亲，你不知我心中是多么的痛苦难舍，可人生有时就是会逼你做出困难的抉择。在你长大的过程中，恐怕你会听说许多关于我的恶行——人们会谴责我的所作所为，认为我是个十恶不赦的魔鬼。我担心就连你也会因为我的决定而受到别人的轻慢对待。

我不想在这封信里对你解释发生过的所有事，但我要你知道，我所做的一切都是为了荣誉。人之所以成为人，正是因为心怀荣耀。我们的一言一行都要光明磊落，重信守义。我知道这会让我们牺牲很多，但希望你今后能明白这个道理。

我想让你知道，我是如此深爱着你，你是父亲永远的牵念。

你的人生和所作所为将会是对我的救赎，儿子。你是我的骄傲与希望。记得要做个好人。做个英雄。

再见了。

泰兰从沉思中抬起头来，恰好听见大主教说道："站起来吧，泰兰·弗丁——洛丹伦的圣骑士守护者。欢迎加入白银之手骑士团。"

像在儿时的梦里一般，人群爆发出热烈的欢呼声。宽敞的大教堂里回响着欢声笑语，淹没了其他声响。他的朋友和同僚们纷纷鼓起掌来，高声向他表示祝贺。几乎大教堂里的每一个人都雀跃着加入了这场狂欢。

喜不自禁的泰兰转过身来，微笑着看着母亲和坐在她身后的老友雅顿。年长的卫兵队长已经照料守护了泰兰近十五年，此刻脸上也带着骄傲的笑意。

泰兰真是像极了他的父亲。

他知道提里奥一定会以他为荣。

人群涌上前来恭喜泰兰，欢迎他成为骑士团的一员。

雅顿转身朝门外走去，这时无意中在人群里看见一个熟悉的身影。那男人身材高瘦，毫不起眼，身披带兜帽的绿色旅行斗篷，穿着风化变色的皮革护甲。可那满头灰发的男人拥有一双绿色的锐目，让雅顿一眼就认了出来。

他停下脚步，跟眼前这位上了年纪的陌生人彼此凝视。

“提里奥。”雅顿小声喊出他的名字。

陌生人心领神会地朝雅顿微微一笑，抬起僵硬的手敬了一礼，接着拉低兜帽把脸遮住，快步走出教堂后门。

雅顿回过头去，看着泰兰自语道：“有父如此，必无犬子。”

关于作者

克里斯·梅森曾是暴雪娱乐的创意总监，在过去七年间同时担任该公司的剧情创作者与设计师。克里斯带领暴雪娱乐的开发团队完成了对多个游戏世界及剧情的设计，包括《魔兽争霸》、《暗黑破坏神》和《星际争霸》系列。克里斯还与山姆·摩尔共同写作了《星际争霸》短篇故事《启示》，并发表于《惊奇故事》1999 年春季刊物。《魔兽争霸：鲜血与荣耀》是克里斯进军奇幻世界后撰写的首部独立作品。

图书在版编目（CIP）数据
鲜血与荣耀 /（美）克里斯 · 梅森著；刘媛译．—北京：新星出版社，2017.11（2017.12 重印）
ISBN 978-7-5133-1687-3
Ⅰ．①鲜… Ⅱ．①克… ②刘… Ⅲ．①长篇小说－美国－现代 Ⅳ．① I712.45
中国版本图书馆 CIP 数据核字（2017）第 061069 号

鲜血与荣耀
[美] 克里斯 · 梅森 著 刘媛 译

统筹策划：贾 骥
责任编辑：汪 欣
特约编辑：蒋 宇 刘清远
美术编辑：张钰婕
责任印制：李珊珊

出版发行：新星出版社
出 版 人：马汝军
社 址：北京市西城区车公庄大街丙3号楼 100044
网 址：www.newstarpress.com
电 话：010-88310888
传 真：010-65270449
法律顾问：北京市大成律师事务所

读者服务：010-88310811 service@newstarpress.com
邮购地址：北京市西城区车公庄大街丙3号楼 100044

印 刷：北京汇林印务有限公司
开 本：910mm × 1230mm 1/32
印 张：4
字 数：65千字
版 次：2017年11月第一版 2017年12月第二次印刷
书 号：ISBN 978-7-5133-1687-3
定 价：42.00元